Julius Lederer

Beitrag zur Schmetterlings-Fauna von Cypern, Beirut und einem Theile Klein-Asiens

Anatiposi

Julius Lederer

Beitrag zur Schmetterlings-Fauna von Cypern, Beirut und einem Theile Klein-Asiens

Unveränderter Nachdruck der Originalausgabe von 1855.

1. Auflage 2023 | ISBN: 978-3-38200-873-4

Anatiposi Verlag ist ein Imprint der Outlook Verlagsgesellschaft mbH.

Verlag: Outlook Verlag GmbH, Zeilweg 44, 60439 Frankfurt, Deutschland
Vertretungsberechtigt: E. Roepke, Zeilweg 44, 60439 Frankfurt, Deutschland
Druck: Books on Demand GmbH, In de Tarpen 42, 22848 Norderstedt, Deutschland

Beitrag
zur
Schmetterlings-Fauna
von
Cypern, Beirut und einem Theile Klein-Asiens.

Von
Julius Lederer.

(Aus den Schriften des zoologisch-botanischen Vereins in Wien. 1855.)

Im Jahre 1853 sandte ich einen Insectensammler, Namens Franz Zach, welcher früher in Herrn Doctor Frivaldzky's Auftrage Candia und Smyrna bereist hatte, nach Cypern, daselbst Insecten, besonders Schmetterlinge und Käfer zu sammeln.

Die Localität hätte jedoch nicht ungünstiger gewählt werden können, denn die Gegend von Larnaca, wo Zach nach einer vierwochentlichen Reise am 7. Mai anlangte, ist kahl, wasserarm und der Boden kreidig, fast ohne Vegetation; es ist daher nicht zu wundern, dass sich daselbst ausser einigen in ganz Europa gemeinen Schmetterlingen und den gewöhnlichen Mittelmeer-Käfern fast gar nichts findet.

Eine Excursion nach dem Innern der Insel lieferte ebenfalls ein ungenügendes Resultat, denn ausser einigen Käfern, worunter *Morio colchicus*, *Buprestis detrita* und der auf dem Stavro vuno (Kreuzberg) gesammelte *Calais Parreyssi* das Beste, war auch hier nichts zu finden; ein eben so klägliches Ergebniss hatte die Bereisung des Nordrandes der Insel zu Folge und so hat denn die Aufzählung der auf Cypern gesammelten Schmetterlinge kaum anderes Interesse, als das, zur geographischen Verbreitung dieser Thiere einen kleinen Beitrag zu liefern.

Da mir auch Herr Professor Eugen Truqui, damals sardinischer Vice-Consul auf Cypern, nun in Smyrna, der diese Insel durch drei Jahre bewohnte und auch eine Käferfauna derselben herauszugeben beabsichtigt, die Armuth an Insecten bestätigte, so liess ich meinen Sammler nach Beirut gehen, wo er am 22. Juli 1853 ankam und bis Anfangs August 1854 verblieb.

Beirut liegt in Mitte schöner Gärten an grünen Hügeln, welche vom Hochrücken des Libanon — dessen höchste Puncte wohl 10000 Fuss hoch und mit ewigem Schnee bedeckt sind — hernieder steigen und in halber Höhe des Gebirges in zerklüftetes Felsenterrain übergehen. Die Berge sind mit Pinien und Fichtenwäldern meilenweit bedeckt, die Thäler und Schluchten reich bewässert, mit Maulbeer-, Oliven-, Citronen- und Johannisbrotbäumen bewachsen und voll üppig grüner blumenreicher Weideplätze.

In der Nähe der Stadt münden zwei Flüsse in das Meer, nämlich eine Stunde ober Beirut der gleichnamige Fluss (Fluss von Beirut) und noch zwei Stunden nördlicher der Hundsfluss (Nahr el Kelb), der Lycus der Alten. Die Ufer sind häufig mit Oleanderbüschen, schönen Sträuchern und Blumen bewachsen; weiter nach dem Gebirge zu werden sie felsig, die Felsen sind voll Schluchten, Tunnels und Klüften, zwischen welchen allenthalben Quellen herabrieseln; auch sind hier drei Höhlen, in welchen sich Wasser befindet und eine derselben ist von einem reissenden Flusse durchströmt.

In dieser Gegend war nun allerdings besser zu sammeln, als auf dem dürren Cypern und es waren besonders die Ufer des Hundsflusses, welche sich am ergiebigsten zeigten. Schmetterlinge waren, wie sich aus nachstehender Aufzählung ergibt, verhältnissmässig wenig, dagegen wurden viele seltene Käfer gefunden, unter denen ich nur *Siagona Oberleithneri* und *Jenissoni* (im Frühjahr unter Steinen), *Nebria Kratteri* (an den Ufern des Hundsflusses), *Procrustes impressus*, *Carabus Hemprichi* und *Ehrenbergi*, *Temnorhynchus retusus*, *Amphicoma purpurea Redtenbacher* und eine ihr ähnliche kleinere Art, die auch in Anatolien vorkommt (*purpurea* K d m. in lit.) *Calcophora stigmatica* (in ungeheueren, schön grünglänzenden Exemplaren im Frühjahre gemein auf Schlehensträuchern), *Perotis chlorana* und eine neue Art (beide in Gesellschaft der vorigen, doch selten), *Acmaeodera ottomana. hyacinthina, villosula, birittis* und *discoidea* (alle im Frühjahre auf blühenden *Hieracien*), *Melyris bicolor*, eine neue *Adesmia*, einen schönen *Lixus* bei *angustatus*, doch doppelt so gross (*Gödeli* Kollar in lit., auf wildem Safran), *Prinobius Germari* (in Gesellschaft von *Hamatocerus velutinus*, *miles* und eines mir fremden *Prionus* in Mandel- und Eichstämmen) *Phytoecia egregia* und *humeralis* (an schattigen Stellen auf *Mentha*), *Purpuricenus dalmatinus* (über 180 Stücke auf Mandelblüthen), eine kleine *Adimonia* mit verkürzten Flügeldecken (im Frühjahre im Grase geschöpft), *Rhaphidopalpa foveicollis* und *Chrysomela Sahlbergi* nenne, aber noch manche andere seltene oder neue Art anführen könnte.

Nachdem ich in nachstehender Aufzählung den Freunden der Lepidopterologie ein Bild der Schmetterlingsfauna von Cypern und Beirut gebe, scheint es mir nicht ohne Interesse auch das von Herrn Kindermann in Klein-Asien von 1848 bis 1850 Gesammelte aufzuführen, um so mehr, als sich in den Producten des Libanon gegen die der kleinasiatischen Gebirge eine bedeutende Verschiedenheit ergibt*). Manche der kleinasiatischen Arten mag wohl noch auf dem Libanon zu finden sein; auch darf es bei Kindermann's unermüdlicher Thätigkeit und bekannten Routine nicht wundern, dass dessen Einsammlung reicher ausfiel, als die des minder bewanderten Zach.

Ueber die von Kindermann explorirten Gegenden kann ich folgende Notizen nach seinen Briefen geben:

Er langte am 3. Mai 1848 in Samsun an, dessen Umgebung überaus romantisch ist, schöne Berge, bewaldete Ebenen, Sandflächen etc. enthält, kurz zum Einsammeln sehr günstig gelegen scheint, aber dennoch an Insecten sehr arm ist. Bei Kindermann's Ankunft war die Vegetation noch weit zurück, Eichen und Platanen waren noch nicht vollkommen grün und von Insecten ausser *Lycaena anteros*, *Euplocamus Fuesslinellus* (die von Herrich-Schäffer Fig. 241—243 abgebildete Varietät) und dem schönen *Geotrupes fulgens* nichts zu finden: in der Hoffnung später eine reichere Ausbeute zu machen, verweilte er noch drei Wochen, da aber auch dann ausser *Pieris damone* und *Zethes insularis* nichts flog, verliess er diese Gegend und zog nach dem wärmer gelegenen Amasia.

Anfangs Juli traf er daselbst ein. Die Stadt schildert er als in einem engen Thale an einem Flusse zwischen hohen, steilen, felsigen Bergen gelegen. Von diesem Thale laufen hunderte von grosseren und kleineren in das Gebirge aus, so dass man in vielen Jahren kaum die Hälfte derselben durchforschen könnte und ungefähr sechs Stunden nördlich liegt Schneegebirge, dessen Höhe Kindermann auf 6000 Fuss schätzt. Hier wurde eine reiche Ausbeute gemacht. Als Kindermann ankam, flog *Pieris ausonia*, *chloridice* und *eupheme* (alle schon defect), *Lycaena boetica*, *telicanus*, *trochilus*, *balcanica*, *Polyommatus hipponoe*, *Thecla Nogelli*, *Satyrus anthelea*, *Mniszechi*, *Hesperia Marloyi*, *tessellum*, *lavaterae*, *Zygaena ganymedes*, *Liparis terebynthi*, *Orgyia dubia*, *Heliothis Frivaldszkyi* und *dos*, *Heliodes rupicola*, *Acontia urania*, *Plusia graphica*, *Ophiusa algira* und *stolida*, *Thalpochares pannonica* und *Wagneri*, *Leptosia leda*, *Pyralis consecratalis etc.* Im Laufe des Juli erschienen *Polyommatus ochimus* und *ignitus*, *Vanessa jonia*, *Satyrus mamurra*, *Bischoffi statilinus* var. *fatua*, *Hesperia alcides*, *Heliothis rhodites* und vieles Andere; im August lieferten wieder die Hochgebirge und Alpen viel Gutes.

Im Jahre 1849 wurde bei Tokat gesammelt, das eben so günstig gelegen und von noch höheren Bergen umgeben ist, wie Amasia, aber wenig andere Arten lieferte, was bei der geringen Entfernung beider Städte wohl auch nicht zu wundern ist.

1850 reiste Kindermann mit einer Karawane nach Diarbekir. Auf der Reise berührte er Charput, fand aber die Gegend wenig zum Einsammeln

*) Letztere zeigen mehr Uebereinstimmung mit dem von Professor Doctor Löw auf Rhodus und an der Südküste von Kleinasien Gesammelten, worüber Näheres in Herrn Professor Zeller's Aufsatze in der „Isis" 1847.

geeignet, da die Stadt nur von ein paar trockenen Hügelketten und Feldern umgeben, das Gebirge aber zu weit entfernt und von räuberischen Kurden bewohnt ist. In Diarbekir langte Kindermann am 15. Mai an, war aber von der Lage dieser Stadt wenig erbaut. Die ganze Gegend enthält nichts, als Getreidefelder; nur am Tigris abwärts sind die Ufer ein wenig erhöht und befinden sich schöne Gärten, die aber trotz der üppigsten Vegetation nur gemeine europäische Arten enthalten.

Kindermann beschloss also wieder zurück nach dem kleinen Orte Bakir Maden zu gehen, den er auf der Hinreise passirt hatte und dessen Lage ihm gefiel; aber auch hier war ausser den allenthalben gemeinen *Thais Cerysii*, *Doritis apollinus*, *Thecla Nogelli*, *Zygaena ganymedes* und einigen Spannern nichts zu finden und die Einsammlung beschränkte sich meist auf Käfer, von denen aber auf der ganzen Reise herrliche, darunter viele ausgezeichnete neue Arten gefunden wurden.

Von Argana Maden kehrte Kindermann nach Tokat zurück. Unterwegs sammelte er einige Tage und zwar um Ende Juni bei Siwas, dessen Hochebenen mit den russischen Steppen viel Aehnlichkeit haben und auch manche russische Art, als *Erebia afra*, *Pterogon gorgoniades*, *Cucullia argentina* und *Aspilates mundataria* lieferten.

Verzeichniss
der von Franz Zach auf Cypern gesammelten Schmetterlinge.

Rhopalocera.

Equites H.-Sch.

Papilio L.

Machaon L.

Thais Fab.

Cerysii God.

Pierides B.

Pieris Schk.

Brassicae L.
Rapae L.
Daplidice L.

Anthocharis B.

Ausonia Esp.

Rhodocera B.

Cleopatra L.

Lycaenoidae B.

Polyommatus Lat.

Phlaeas L.

Lycaena Fab.

Boetica L.
Telicanus Herbst.
Balcanica Freyer.
Trochilus Freyer.
Lysimon Hb.
Cyllarus Fab.
Alexis Hufn. (*agestis* S. V.)
Icarus Hufn. (*alexis* S. V.)

Libytheoidae B.

Libythea Fab.

Celtis Fab.

Nymphalides B.

Limenitis Fab.

Camilla S. V.

Melitaea Fab.

Phoebe S. V.

Vanessa Fab.

Cardui L.
Atalanta L.
Polychloros L.
Triangulum Fab.

Danaides B.

Danais Lat.

Chrysippus L. Von Mitte Mai an durch den ganzen Sommer.

Satyroidae B.

Satyrus Lat.

Hermione L. Die Binden kaum halb so breit, als bei unsern Exemplaren, auch beim Weibe fast so verloschen, wie beim Manne; die Hinterflügel unten heller weissgrau.

Briseis L. und Var. *pirata* Hübner. Binde sehr gross mit lebhafter Unterseite; Var. *pirata* oben sehr lebhaft ockergelb.

Anthelea Hb.

Pararga H.-Sch.

Roxellana Fab.

Maera L. Var. *adrasta* Esp.

Megaera L.

Coenonympha H.-Sch.

Pamphilus L. und Var. *Cyllus* Esp.

Hesperioidae.

Hesperia Lat.

Malvarum O.

Marrubii Rb.

Alveus Hb.

Alveolus Hb.

Eucrate Esp. und Var. *orbifer* Hb.

Actaeon Esp.

Nostradamus Fab.

Heterocera.

Sesioidae B.

Sesia Fab.

Rhingiaeformis Hb. Nur ein Weib.

Luctuosa m. (Vereinsschriften 1852.) Ein Männchen.

Ferrida m. Tafel 5, Figur 10; Weibchen. Fast doppelt so gross, als *chrysidiformis*; derselbe Habitus. Körper schwarz, Palpen mehr aufwärts gekrümmt, als bei *chrysidiformis*, sonst eben so gebildet, nebst Stirn und Hüften orangegelb. Beine ebenfalls orange, nur die untere Hälfte der Schienen schwarz. Fühler orange, fein stahlblau beschuppt, Thorax mennigroth, eben so das erste Segment des Hinterleibes und die Vorderflügel; Vorderrand und Saum der letzteren schwarz, auch die Rippen saumwärts schwärzlich angeflogen. Hinterflügel mit dickem mennigrothen Mittelfleck und roth bestäubten Rippen, Vorderwinkel und Basis; alle Flügel mit schwarzgrauen Fransen. Unterseite mit derselben Zeichnung, der Vorderrand der Vorderflügel jedoch nur gegen die Spitze zu schwarz. Hinterleib oben zweites und drittes Segment schwarz, 4., 5. und 6. einfärbig goldgelb, unten jedes Segment zur oberen Hälfte gelb, zur untern schwarz.

Afterbüschel oben mitten gelb, seitwärts schwarz, unten schwarz mit gelben Seitentheilen. Das einzelne Stück wurde am 24. Mai auf dem Stavro vuno gefangen.

Miniacea m. (*minianiformis* Freyer.)

Syntomides H.-Sch.

Naclia B.

Hyalina Freyer.

Psychoidae H.-Sch.

Psyche Schk.

Villosella O.

Saturniina H.-Sch.

Saturnia Schk.

Caecigena Cupido. Die Raupen im Mai auf dem Stavro vuno auf Pappelsträuchern.

Liparides B

Cnetocampa Steph.

Solitaris Freyer. Auf Cypressen.

Lithosioidae B.

Nola Leach.

Exasperata m. Tafel 5. Figur 11. Nur diess eine Weibchen. Nahe an *chlamydulalis*, ⅓ kleiner. Palpen aufwärts gebogen, bräunlich, anliegend beschuppt; Endglied cylindrisch. Halskragen und ein breiter Streif über den Thorax schwarz, alle übrigen Körpertheile weiss; Beine kurz und dick; Hinterschienen mit 2 Paar Spornen. Vorderflügel weiss. Angehäufte schwarze Atome bilden ein wenig scharf begrenztes Mittelfeld, in dem nahe an seiner Aussenseite (auf der Querrippe) ein grober schwarzer Strich steht; unter ihm, parallel mit der äusseren Grenze der Mittelbinde, stehen noch einige grobe schwarze Schuppen. Dem Mittelfelde folgt ein schmales Band von der Grundfarbe, sodann hat der Raum bis zum Saume durch gehäufte schwärzliche Atome wieder ein graues Ansehen. Am dichtesten stehen diese Atome längs des Saumes; vor diesem findet sich die Spur einer verwaschenen hellen Wellenlinie, welche von der Spitze bis gegen die Mitte zu in abgesetzten Strichen innen rostroth begrenzt ist; an der Innenseite dieser rothen Begrenzung stehen noch grobe schwarze Schuppen, die am Vorderrande am meisten gehäuft, daselbst eine Art abgerissener Zacken bilden, nach innen zu aber nur spärlich vorhanden sind. Die Hinterflügel sind aschgrau, mitten von einem verwaschenen helleren Bande durchzogen; die Fransen breit, auf den Vorderflügeln bräunlichgrau, auf den hinteren weissgrau. Unten sind die Vorderflügel bräunlichgrau, die hinteren weissgrau, nach aussen etwas dunkler, zeichnungslos.

Euprepioidae.

Emydia B.

Chrysocephala Hb. (*coscinia* O.) Nur ein Stück.
Grammica L.

Deiopeia Curtis.

Pulchella L.

Oenogyna m.

Löwi Z. Ein Weibchen; wurde zufällig unter Wanzen eingesammelt und stimmt genau mit Herrn Professor Zeller's Beschreibung (Stettiner Zeitung 1846, p. 8.)

Noctuina.

Dianthoecia B.

Comta S. V. Das Schwarz sehr matt, das Weiss lehmgelb überflogen.

Synia Guén.

Musculosa Hb. Drei Stücke an dürren Stellen bei Tage auf Disteln.

Charadrina Tr.

Anceps H.-Sch. Nur ein Stück.
Exigua Hb. In Menge.

Plusia Tr.

Gamma L.
Graphica H.-Sch. Nach Herrn Guenée ist diese Art die wahre *circumflexa* Linné; *circumflexa* S. V. nennt er daher *gutta*.
Ni Hb.

Heliothis Tr.

Peltigera S. V.

Ophiusa Tr.

Tirrhaea Fab.
Illunaris Hb.
Algira L.

Pericyma H.-Sch.

Squalens m. Tafel 5, Figur 12, Weib. Aehnlich der *albidentaria* Freyer, Flügel aber kürzer und breiter, der Saum auf den hinteren zwischen Rippe 3 und 5 nicht eingezogen, die Färbung lehmgelb, die Wellenlinien nicht so gleichmässig über die ganze Flügelfläche und nicht so hell. Körper lehmgelb, Palpen aufwärts gebogen, Endglied fast so lang, als das zweite, cylindrisch, anliegend beschuppt. Zunge spiral, Beine schwach längshaarig, Fühler beim Manne mit ziemlich langen dünnen Wimpern, Hinterleib mit schwachen erhabenen Schöpfchen auf dem 2., 3. und 4. Segmente. Flügel lehmgelb, nicht so bläulichgrau, wie bei *albidentaria*, Zeichnungsanlage ungefähr dieselbe, nur treten hier die beiden Mittellinien auffallend hervor und sind die übrigen Wellenlinien mehr verloschen, während bei *albidentaria* alle gleichmässig sind. Auf den Vorderflügeln sind die beiden Mittellinien scharf, schwärzlich; die innere macht einen schwachen Bogen nach aussen, die äussere springt auf Rippe 3 und 4 mehr oder weniger deutlich vor, wendet sich dann mehr einwärts (wodurch das Mittelfeld verschmälert wird) und läuft dann in groben Strichen dem Innenrande zu. Parallel mit ihr zieht an ihrer Aussenseite ein bläulichgrauer, von einer verwaschenen weisslichen Linie durchzogener Streif; dahinter werden die Flügel bis zum Saume erdgrau und vor diesem, auf der Flügelfläche selbst zieht eine abgesetzte schwarze Linie. Von Makeln ist nur die Nierenmakel durch einen bleichen Fleck angedeutet. Die Hinterflügel haben wie bei *albidentaria* mehrere parallele Linien, welche am Innenrande deutlich, nach vorne verloschen sind und von welchen die die Fortsetzung der äusseren Mittellinie der Vorderflügel bildende am schärfsten ist. Die Fransen aller Flügel sind erdgrau, breit, schwach wellenrandig. Die Unterseite ist bleicher, als die obere, hat eine schwache Andeutung der lichten Wellenlinie und schwarz punctirte Linie vor dem Saume, sonst aber keine Zeichnung. Manche Exemplare waren bedeutend matter gezeichnet, als das abgebildete. Der Schmetterling wurde an Pflanzen gefangen, welche an vom Wasser durchrieselten Felsspalten wuchsen.

Thalpochares m.

Marginula H.-Sch. Nur ein Stück.
Ostrina Hb. In allen Varietäten.
Parva Hb.
Velox Hb. Fast doppelt so gross, als gewöhnlich, aber alle defect.

Hypena Tr.

Obsitalis Hb.
Lividalis Hb.

Geometroidae.

Eucrostis Hb.

Herbaria Hb.

Acidalia Tr.

Rufaria Hb
Degeneraria Hb.
Imitaria Hb.
Turbidaria Hb.

Macaria Curtis.

Aestimaria Hb.

Boarmia Tr.

Perversaria B.

Aplasta H.-Sch.

Ononaria Fuessly. Sehr kleine Exemplare.

Sterrha H.-Sch.

Sacraria L.

Crambites H.-Sch.

Hercyna Tr.

Floralis Hb.

Botys Tr.

Cespitalis S. V.
Sanguinalis L.

Stenopteryx Guén.

Noctuella S. V. (*hybridalis* Hb.)

Stenia Guen.

Suppandalis Hb.
Carnealis Tr.

Duponchelia Z.

Fovealis Z.

Eudorea Curtis.

Incertalis Dup.

Semnia H.-Sch.

Punctella Tr.

Nephopteryx Z.

Dahliella Tr.

Pempelia Z.

Carnella L.

Tortricina.

Retinia Guen

Thurificana m. Die Beschreibung und Abbildung sehe man bei den Beiruter Arten.

Tineina.

Depressaria Z.

Ledereri Z. Linnaea 1854. Tafel 5, Figur 13. Es wurde nur diess eine Stück erbeutet.

Verzeichniss
der von Franz Zach bei Beirut gesammelten Schmetterlinge.

Rhopalocera.

Equites H.-Sch.

Papilio L.

Machaon L.

Thais Fab.

Cerysii God. Im März und April häufig an Wegen, Feldrainen etc.; das Weibchen weit seltener, als das Männchen.

Doritis Fab.

Apollinus Herbst Im Februar und März an denselben Stellen, wie der vorige.

Pierides B.

Pieris Schk.

Rapae L.

Mesentina Godart. Im September an *Ricinus* fliegend.

Daplidice L. Das Grün der Unterseite mehr gelblich und viel spärlicher, als bei unsern Exemplaren: bei manchen Stücken vom Weiss fast ganz verdrängt.

Anthocharis B.

Glauce H b.
Ausonia E s p.
Belia F a b.

Leucophasia Steph.

Sinapis L. Grosse Exemplare; Hinterflügel unten sehr bleich gezeichnet; bei einigen Stücken ganz zeichnungslos (Var. *diniensis* B.)

Idmais B.

Fausta Olivier. Tafel 1, Figur 1. Männchen. Das Characteristische dieser Gattung ist beim Männchen ein an Rippe 1 der Vorderflügel nicht weit von der Basis stehenden blasigen Knopf, ungefähr wie ihn das Männchen von *Chrysippus* auf den Hinterflügeln hat; ich finde dieses Merkmahl bei Boisduval nicht angegeben. Der Schmetterling fliegt in Gärten häufig vom Juli bis in den September.

Colias F a b.

Edusa F a b. und Var. *helice* H b.

Rhodocera B.

Cleopatra L. Im Frühjahre nicht selten.

Lycaenoidae B.

Cigarites Lucas.

Acamas Klug. (*Symbolae physicae; decas IV, tab. XL, Fig. 7 9*). Tafel 1, Figur 2, Weibchen Den ganzen Sommer hindurch in ganz dürren Gegenden auf Disteln etc. Nach Ménétries (*Description des insectes recueillis par feu* Mr. Lehmann), auch bei Lenkoran, auf den Steppen von Kisil Koum. Der Schmetterling hält das Mittel von *Thecla* und *Polyommatus*. Von beiden Gattungen unterscheidet er sich durch die wie bei *Rhodocera* allmählig von der Basis zur Spitze verdickten Fühler und die zweischwänzigen Hinterflügel (der längste Schwanz steht auf Rippe 1, wo die beiden genannten Gattungen ungeschwänzt sind) von *Thecla* noch durch die nackten Augen aus. Ob bei den Exoten Uebergänge zu den übrigen *Lycaenen*-Gattungen vorkommen, ist mir unbekannt, doch wahrscheinlich, da die bisherige Eintheilung in *Thecla*, *Polyommatus* und *Lycaena* selbst bei den Europäern nicht stichhältig und wohl richtiger nur zwei Gattungen, die eine mit haarigen, die andere mit nackten Augen anzunehmen wären.

Thecla F a b.

Ilicis E s p. in allen Uebergängen zur Var. *caudatula* Z.

Spini S. V. Beide Geschlechter mit viel länger geschwänzten Hinterflügeln, als die hiesigen. (*Melantho Klug Symbolae physicae tab. XL. fig. 10, 11.*)

Polyommatus Lat.

Thersamon Esp. Erscheint in zwei Generationen im April und Juli. Die im Sommer fliegenden Falter haben in beiden Geschlechtern lang geschwänzte Hinterflügel, die der Frühlingsgeneration sind gewöhnlich ungeschwänzt, es kommen aber auch Uebergänge vor; die geschwänzte Varietät ist *Omphale* Klug (*Symbolae physicae tab. XL, fig. 12—14.*)

Phlaeas L.

Lycaena Fab.

Boetica L.
Telicanus Herbst. } Im Juni auf blühendem *Spartium etc.*

Balcanica Freyer. Im Mai und Juni auf Sträuchern fliegend. Herr Mann fand diese Art auch bei Spalato.

Gamra Kollar in lit. Tafel 1, Figur 3. Männchen. Grösse und Flügelschnitt von *hylas*. Palpen wie bei dieser Art gebildet, oben schwarz, unten weiss, Beine weiss, Tarsen und Fühler schwarz geringelt, Kolbe der letzteren comprimirt, lang oval, schwarz, an der Spitze und ganzen Unterseite lebhaft rostgelb; Hinterleib oben schwarz mit weissen Hinterrändern der Segmente, unten weiss; Augen nackt. Oberseite der Flügel beim Manne zart röthlichblau, ungefähr wie bei *argiolus*, aber noch mehr röthlich, mit schmalem schwarzen, nach innen nicht sehr scharf begrenzten Saume, an welchen auf den Hinterflügeln am Innenwinkel zwei verloschene schwarze Flecken (Andeutung der Zeichnung der Unterseite) stehen: beim Weibe im Discus schmutzig lichtbraun, gegen Vorderrand und Saum zu allmälig dunkler, auf den Vorderflügeln daselbst fast schwarzbraun und mit einem an der Stelle der Querrippe befindlichen dunkelbraunen, wie bei *balcanica* geformten Flecken, um welchen der Grund beiderseits heller, fast weisslich wird; auf den Hinterflügeln mit schmutzig braunen nach innen heller begrenzten Randflecken, von denen die zwei am Innenwinkel stehenden am deutlichsten und dunkelsten, die übrigen aber verloschen sind. Fransen bei beiden Geschlechtern weiss, auf Rippe 1 stets beim Manne schwarz, beim Weibe braun bezeichnet, auf den übrigen Rippen nur selten schmal dunkler durchschnitten. Die Unterseite ist beim Manne weissgrau, beim Weibe etwas mehr bräunlich mit schwarzer Saumlinie. Die Zeichnung erinnert an *Telicanus* und *balcanica*. Mit ersterer Art hat *gamra* die matte bänderartige Zeichnung gegen die Spitze der Vorderflügel und auf den Hinterflügeln, mit letzterer den dunklen Längsstriemen unter der Vorderrandsrippe der Vorderflügel gemein; dieser ist aber hier nur dicht an der Basis schwarz, sonst rostfarben. Die Vorderflügel haben hinter der Mitte der Mittelzelle einen auf den Innenrand derselben aufliegenden grossen schwarzbraunen Punct, einen von gleicher Grösse am Saume in Zelle 2, vier etwas kleinere ebenfalls dicht am Saume befindliche in Zelle 3—6, einen oder zwei sehr undeutliche unter dem in Zelle 3 befindlichen. Auf der Querrippe steht ein schräger, licht kaffeh- oder graubrauner Fleck, mitten zwischen diesem und der Flügelspitze eine gerade, vom Vorderrande saumwärts ziehende Binde von derselben Farbe, hinter ihr ein paralleler schmälerer und undeutlicherer Striemen, unter ihr, mehr nach innen gerückt ein oder zwei undeutliche Flecken, vor den Randpuncten eine ebenfalls weniger scharfe bräunliche Linie; diese ganze Zeichnung ist heller umzogen und auch die Grundfarbe wird gegen den Innenrand zu heller. Die Hinterflügel — beim Manne an der Basis schwach grünspanfärbig — haben ungefähr dieselbe lichtkaffehbraune Zeichnung, wie die vordern, nämlich einen Querfleck auf der Mittelrippe, eine gerade Binde dahinter, hinter ihr ein Striemen, sodann die Linie vor den Randflecken. Ausserdem haben sie noch mehrere tief schwarze Flecken; nämlich einen von der Basis zur Mitte der Vorderrandsrippe ziehenden bis an diese reichenden geraden strichförmigen (wie bei *balcanica*), hinter ihm nahe am Vorderrande (in Zelle 7) zwei runde, der äussere weiter vom inneren, als dieser von dem Wurzelfleck entfernt; unter dem inneren auf die Mitte des Innenrandes der Mittelzelle aufsitzend, einen von gleicher Grösse, dicht unter ihm (in Zelle 1 b) einen kleineren, zwei mit den übrigen gleich grosse oder doch nur wenig kleinere am Innenrande, beide den in Zelle 7 befindlichen zwei Flecken in gerader Linie gegenüber stehend. Randflecken sind 5 bis 6 vorhanden; sie sind ebenfalls tief schwarz, die beiden am Innenwinkel stehenden am grössten, saumwärts erzglänzend beschuppt, der in Zelle 2 stehende noch an seiner Innenseite mehr oder weniger deutlich rostgelb umzogen; der in Zelle 3 ist am verloschensten, die in Zelle 4, 5 und 6 befindlichen sind zwar kleiner als die am Innenwinkel, aber scharf ausgedrückt. Der Schmetterling fliegt im Juni und Juli auf Brombeerblüthen; Herr Kotschy brachte ihn auch aus Sennaar.

Lysimon Hb. Im Juli auf Kleefeldern.

Galba Kollar in lit. Tafel 2, Figur 4. Männchen. Von oben kaum von *lysimon* zu unterscheiden. Der Mann hat dasselbe Blau und denselben breiten schwarzen Saum, die Hinterflügel haben aber in Zelle 2 einen schwärzlichen, durch eine helle Linie vom Saume getrennten Randfleck; das Weib ist oben einfärbig braun, der schwarze Fleck in Zelle 2 der Hinterflügel ist noch deutlicher und bläulich umzogen, die übrigen Zellen haben ebenfalls Spuren von Randflecken, besonders gegen den Innenwinkel zu und die lichte Randlinie ist etwas schärfer. Die Unterseite ist licht bräunlichgrau, wie bei *lysimon* oder *trochilus*, beim Weibe nur wenig dunkler, als beim Manne. Die Zeichnung nähert sich hier mehr dem *trochilus*. Auf den Vorderflügeln stimmt sie ganz mit dieser Art, nur sind die Kerne der Flecken nicht so schwarz, sondern mattbraun, daher nicht so scharf vortretend. Die Hinterflügel haben ebenfalls viel Aehnliches mit *trochilus*, besitzen aber keine orangegelbe Randbinde. Die Form und Lage der mattbraunen augenartigen Flecke ist dieselbe, wie bei *trochilus*; in Zelle 7 stehen zwei schwarze, hell umzogene Flecke, unter dem inneren, mehr wurzelwärts noch einer, alle an gleicher Stelle wie bei genannter Art; der bei *trochilus* darunter befindliche vierte fehlt jedoch bei *galba*, der am

Innenrande selbst stehende — bei *trochilus* scharfe — ist hier nur matt vorhanden und von den Randflecken sind nur die in Zelle 2 befindlichen grossen tiefschwarz und mit Erzschuppen belegt, die übrigen aber klein und mattbraun. Ich erhielt nur 8 Stücke, welche in Gesellschaft von *lysimon* auf Kleefeldern erbeutet wurden. Herr Kotschy fand diese Art ebenfalls in Sennaar.

Hylas S. V.

Icarus Hufnagel (*alexis* S. V.) und Var. *thersites* B.

Nymphalides B.

Limenitis Fab.

Camilla S. V. Die weissen Flecke grösser, der Wurzelfleck der Vorderflügel hellblau.

Melitaea Fab.

Phoebe S. V. Kleine hellgefärbte Exemplare.

Trivia S. V. Var. *persea* Kollar (Fauna von Südpersien in den Annalen der kais. Akad. d. Wissenschaften 1849). Im April in Mehrzahl gefangen und auch die Raupe später auf *Verbasceen* gefunden. Der Schmetterling ist oben ungemein hell gefärbt, (fast wie gewöhnliche *didyma*-Männchen) und die schwarze Zeichnung sehr fein, es finden sich jedoch Uebergänge zu *trivia*. Von Herrn Kotschy auch in Südpersien gefunden.

Vanessa Fab.

Polychloros L.

Triangulum Fab.

Danaides B.

Danais Lat.

Chrysippus L. Im ganzen Sommer nicht selten; die Var. *alcippus* wurde nicht gefunden.

Satyroidae B

Hipparchia Fab.

Titea Klug (*Symbolae physicae tab. XXIX. fig. 15—18.*) Tafel 1. Figur 5. Männchen. Nahe an *lachesis* und verhält sich dazu — oberflächlich betrachtet — ungefähr wie Var. *procida* zu *galathea*. Von französischen Entomologen wurde mir *titea* für *lachesis* Var. erklärt, doch mit Unrecht, denn characteristisch ist auf den Vorderflügeln der schwarze Mittelfleck, der bei *titea* am Vorderrande selbst beginnt, daselbst am breitesten ist und nach innen schmal zuläuft, bei *lachesis* aber erst unter dem Vorderrande, auf der Vorderrandsrippe anfängt und da ein schmaler viereckiger Fleck ist, an welchem ein mehr als doppelt so breiter hängt. Ferner steht auf der Unterseite in der Mittelzelle vor dem Flecken am Zellenschlusse constant noch ein scharfer schwarzer Fleck; die Kappenzüge aller Flügel sind oben ganz verloschen oder bis auf wenige weisse Fleckchen verdrängt, da das Schwarz bis an den Saum reicht, unten aber fein und bogenförmig (bei *lachesis* fast so scharf und spitz, wie bei *clotho*); die Mittelzelle der Hinterflügel ist oben fast bis ans Ende schwarz, überhaupt das Schwarz von der ganzen Basis an viel reichlicher; die Mittelbinde auf der Unterseite der Hinterflügel ist aus viel zarteren, feineren und anders geformten schwarzen Strichen gebildet und ihre Ausfüllung nicht dunkler als der übrige Flügelgrund, während sie bei *lachesis* aus groben schwarzen Strichen besteht und steingrün ausgefüllt ist. Der Schmetterling fliegt im Mai häufig am Hundsflusse in felsigen Gegenden.

Satyrus Lat.

Asterope Klug. (*Symbolae physicae tab. XXIX, fig. 11—13.*) Tafel 1, Figur 6, Weibchen. Den ganzen Sommer hindurch allenthalben häufig.

Psisidice Klug. (Tafel XXIX. fig. 9, 10.) Diese nach Herrn Professor Dr. Klug am Berge Sinai fliegende Art fand Zach auch in den Gebirgen des Libanon im Juli, brachte aber nur 6 Stücke mit, da er zur Flugzeit des Schmetterlings am Fieber erkrankte und keine Excursionen machen konnte. Der Schmetterling hat einige Aehnlichkeit mit *statilinus* Var. *fatua* Freyer, die Färbung der Oberseite zieht aber mehr ins Graue und die Mittelbinde der Unterseite der Hinterflügel ist anders geformt. Diese besteht aus zwei dicken sammtschwarzen Linien, von denen die innere gerade und fast senkrecht vom Vorderrande bis zur inneren Mittelrippe zieht, auf diese aufstösst und da plötzlich verlischt, die äussere aber in Zelle 3 sich sehr dem Saume nähert, daselbst einen scharfen Winkel macht, dann aber fast gar keine Vorsprünge mehr bildet.

Pararga H.-Sch.

Maera L. Var. *adrasta* Hb.
Mecaera L. Genau wie die hiesigen.
Egeria L. Var. *meone* Hb.

Epinephele H.-Sch.

Janira L. Var. *telmessia* Z. In allen Uebergängen zur Var. *hispulla* Hb.

Coenonympha H.-Sch.

Pamphilus L. und Var. *lyllus* Esp.

Hesperioidae.

Hesperia Lat.

Malvarum O. Die Falter der Sommergeneration oben sehr hell gefärbt, fast wie *lavaterae*.

Marrubii Rb. und Var. *gemina* Led. Die Exemplare der Sommergeneration ebenfalls mit sehr heller Oberseite. Dass *gemina* doch nur Var. *marrubii*, davon habe ich mich seither durch Uebergänge überzeugt.

Proto Esp.

Nomas m. Tafel 1, Figur 7. Mann. Ich erhielt nur ein Pärchen, das im Mai am Hundsflusse gefangen wurde. Der Schmetterling ist oben nicht von *tessellum* zu unterscheiden, unten sind aber die Hinterflügel sammt den Fransen einfärbig gelblichweiss (wie bei *lavaterae*) mit von oben schwach durchscheinender Zeichnung. Körper, Beine, Palpen und Unterseite der Fühler sind wie die Unterseite der Hinterflügel gefärbt, auch die Vorderflügel haben unten beinahe dieselbe Farbe, um die Mittelflecke herum und gegen die untere Hälfte des Saumes zu ziehen sie aber mehr ins Bleichgraue. Der Vorderrand der Vorderflügel des Männchens hat denselben häutigen Umschlag, wie *tessellum*.

Hypoleucos m. Tafel 1, Figur 8, Mann. Der Schmetterling ist mit *alveus* Hb. verwandt, eben so gross, hat aber viel kürzere, breitere und rundere Flügel, als diese und andere verwandte Arten und ganz verschiedene Unterseite. Die Oberseite ist grünlichgrau, beim Weibe mehr olivbraun, wie bei *carthami*. Die Fransenbezeichnung und die Flecken sind wie bei dieser Art, letztere nur reiner weiss, etwas grösser und auf den Vorderflügeln nicht so scharf eckig. Die Flecken der inneren Binde der Hinterflügel sind ebenfalls rein weiss; ein Fleck in der Mitte dieser Binde tritt selbst bei matt gezeichneten Exemplaren besonders vor (ungefähr wie bei *alveolus*) während bei *carthami* die ganze Binde aus gleichmässigen, mit dunklen Atomen überzogenen schmalen Längsflecken besteht, bei *alveus* und Var. *fritillum* ebenfalls nicht so deutlich hervortritt. Auf der Unterseite sind die Vorderflügel dunkelgrau, gegen den Vorderrand zu mehr grünlich; die Flecken sind hier ebenfalls runder, weniger vom Grunde abstehend und mehr gelblich als bei den verwandten Arten. Die Hinterflügel sind bleich grünlichgelb, gegen den Saum zu dunkler, mehr ins Olivbraune ziehend; durch die Mitte des Flügels zieht von der Basis bis zum Saume ein heller Längsstrahl und die Zeichnung der Oberseite ist ebenfalls durch lichtere, aber ganz unbestimmte, verloschene Flecke angedeutet; sonst findet sich keine Zeichnung. Die Fransen sind weiss, auf allen Rippen mit Ausnahme von 1 und 5 schwarzgrau gescheckt. Das Männchen hat ebenfalls am Vorderrande der Vorderflügel einen Umschlag. Die Fühlerkolbe ist unten lebhaft rostgelb. Der Schmetterling fliegt vom Mai bis in den Juli an feuchten Stellen und ist ziemlich selten.

Eucrate Esp. und Var. *orbifer* Hb.

Actaeon Esp. Beide häufig.

Thrax Fab. Tafel 1, Figur 9 Mann, 10 Weib. Im Sommer an feuchten Stellen. Durch ein Versehen des Stechers wurde diese Art statt der nachfolgenden neuen abgebildet; ich beschränke mich daher darauf, bei letzterer blos die Unterschiede von *thrax* anzugeben. Der Schmetterling kommt schon bei Tarsus (in Karamanien) vor und ist bis Ostindien verbreitet.

Zelleri m. Grösse, Bildung der Körpertheile und Flügelschnitt genau wie bei *nostradamus*, der Schmetterling also viel kleiner und schlanker als *thrax*. Zeichnung dem Weibe von *thrax* sehr ähnlich, in beiden Geschlechtern gleich. Vorderflügel spärlicher behaart als bei *thrax*, mit denselben durchsichtigen weissen Flecken, Mittelzelle aber nur mit einem, und zwar dem an der Innenseite des Vorderrandes der Mittelzelle befindlichen; Querbinde aus 7 eben so geformten und gestellten Flecken bestehend, die drei dem Vorderrande zunächst stehenden aber in gerader Schräglinie nach aussen gestellt. Hinterflügel und Fransen wie bei *thrax*. Die Unterseite ist lebhaft grünlich oder gelblich oliv, auf den Vorderflügeln vom Discus bis zum Innenrande, auf den hinteren am Innenwinkel graubraun. Die Vorderflügel haben die Flecke der Oberseite, die hinteren in der Mittelzelle keinen Punct, hinter ihr aber drei kleine helle, dunkler umzogene Flecken, als Fortsetzung der Vorderflügelzeichnung. Die schlankere Gestalt, geringere Grösse und gleiche Zeichnung beider Geschlechter unterscheiden *Zelleri* leicht von *thrax* die durchsichtigen Glasflecken vom Weibe von *nostradamus*. Der Schmetterling wurde in wenig Exemplaren im Juni auf Brombeersträuchen gefangen.

Nostradamus Fab. Im Sommer an trockenen Orten nicht selten.

Heterocera.

Sesioidae B.

Sesia Fab.

Azonos m. Tafel 2, Figur 1. Mann. Grösse von *tenthrediniformis*: etwas plumper, Flügel ein klein wenig breiter und runder. Die Färbung des ganzen Geschöpfes ist ein stellenweise stahlblau oder grünlich glänzendes Schwarz, nur die Ränder der Augen, der Halskragen, das mittlere Drittel der Schenkel und die Mitte der Unterseite des Afterbüschels sind bleichgelb. Palpen und Fühler sind wie bei *tenthrediniformis* gbildet, schwarz. Die Vorderflügel haben Innen- und Vorderrand, Saum und Mittelfleck breit schwarz, so dass von Glasstellen das Wurzelfeld nur als ein sehr schmaler, von einer dicken schwarzen Ader durchschnittenen Striemen und die äussere Makel als ein kaum so breiter als langer, runder, von drei schwarzen Adern durchschnittener Fleck überbleiben. Die Hinterflügel haben einen ziemlich dicken schwarzen Mittelfleck, der aber nicht über den ganzen Zellenschluss reicht, sondern gegen Rippe 4 zu erlischt. Die Fransen aller Flügel sind schwarzgrau, die Unterseite ist so gezeichnet, wie die obere. Das einzige Stück wurde im Mai am Hundsflusse auf einer Pflanze sitzend getroffen.

Pipiziformis m. Tafel 2, Figur 2. Männchen. Mit *culiciformis* verwandt; nur halb so gross. Körper grünlich stahlblau; Brust, Augenränder, Oberseite des vierten Hinterleibsegmentes, Seitenränder des Hinterleibes, ein schmaler Saum des Afterbüschels auf der Oberseite und einzelne Haare in der Mitte desselben auf der Unterseite blass goldgelb. Palpen aufwärts gekrümmt, sehr spitz zulaufend, oben schwarz, unten weiss. Fühler stahlblau mit einigen weisslichen Schuppen vor der Spitze und langen Wimpern; Beine stahlblau, Schenkel am Anfang und Ende der Innenseite und längs der ganzen Aussenseite gelblichweiss; Tarsen nur am Anfange schwach stahlblau angeflogen, sonst ebenfalls gelblichweiss. Die Zeichnung der Vorderflügel ist ungefähr dieselbe, wie bei *culiciformis*. Vorder- und Innenrand sind schmal schwarz, die Mittelbinde ist verhältnissmässig schmal und stösst auf den Innenrand ganz auf; der Saum ist wenig breiter als die Mittelbinde; das Wurzelfeld ist von einer dicken schwarzen Ader durchzogen, der äussere Glasfleck ziemlich eben so breit als hoch und von vier schwarzen Adern (auf der Tafel sind nur drei angegeben) durchschnitten. Die Hinterflügel führen einen dicken schwarzen Mittelpunct, der von Rippe 5 zu 4 sehr fein zuläuft. Alle Fransen sind schwarzgrau. Unten ist die Zeichnung wie oben, nur finden sich längs des Vorderrandes, um den Mittelfleck und auf den Rippen blass goldfarbe Schuppen. Der Schmetterling wurde nur in zwei gut erhaltenen männlichen Exemplaren im Frühling an Weizenähren am Hundsflusse gefangen.

Ichneumoniformis S. V. Wenige Stücke im Sommer auf dürren Bergen erbeutet.

Sphingoidae B.

Deilephila O.

Syriaca m. Auf der zweiten Tafel sibirischer Schmetterlinge: Figur 9 der Schmetterling (Weib), 12 der vergrösserte Kopf des Mannes, 10 die Raupe, 11 die Puppe abgebildet. Herr Pogge bestimmte mir diese Art als den in Nord-Amerika vorkommenden *Sphinx myron* Cramer oder *pampinatrix* Abbot, wovon sie aber sicher verschieden ist, und sich schon durch den gezackten Flügelsaum unterscheidet; ich liess daher die Abbildung erst nachträglich anfertigen. Grösse von *elpenor*, Flügelschnitt von *porcellus*, der Saum tritt jedoch auf den Rippen zackig vor, besonders auf den Vorderflügeln (in meiner Abbildung ist diess viel zu schwach ausgedrückt). In Bildung der Korpertheile stimmt der Schmetterling mit *porcellus*, nur sind die Fühler am Ende nicht hakenformig umgebogen, sondern laufen daselbst in eine schlanke, wenig gekrümmte Spitze aus; unten sind sie wie bei allen verwandten Arten mit zwei Reihen steifer Borsten besetzt; ebenso haben die Hinterschienen zwei Paar starke Spornen. Färbung und Zeichnung ähnelt den *Smerinthen*, doch nur scheinbar, denn der Verlauf der Binden zeigte mehr Uebereinstimmung mit *porcellus*, zudem verweist die lange starke Spiralzunge, der Flügelschnitt und die Raupe den Schmetterling zu *Deilephila*. Die Farbe der Vorderflügel ist beim Mann ein mattes, blass rosenroth beduftetes Grau, beim Weibe mehr braun, in's Weinrothe ziehend. Dieselbe Farbe haben alle Körpertheile bis auf die Schulterdecken, welche an der Basis, und die Segmente, welche an den Hinterrändern hell gerandet sind; ferner die Fühler, deren Oberseite fast weiss ist. Die Zeichnung der Vorderflügel besteht aus trübwolkigen Flecken und Querbändern von der Farbe dürren Laubes. Nahe an der Basis zieht sehr verloschen vom Vorderrande bis zur Mitte der Flügelbreite ein dünner Querstreif, hinter ihm ein breiterer, einwärts gebogener, nach beiden Seiten in die Grundfarbe verwaschener Wisch, sodann folgt ein dunklerer Querstrich am Ende der Mittelzelle, auf der Querrippe. Nahe hinter diesem beginnt der Mittelschatten. Dieser ist an seiner Innenseite am schärfsten von der Grundfarbe abgegrenzt, nach aussen aber in dieselbe verwaschen, und in der Gegend der Querrippe etwas auswärts geschwungen, sonst fast gerade. Parallel mit ihm läuft im Saumfelde, und zwar bei der Mitte desselben, eine dicke, grobstrichige dunkle, beiderseits heller begrenzte Linie, welche auf den Rippen schwache Vorsprünge nach aussen macht. Die Flügelspitze ist durch einen lichten Wisch getheilt; dieser Wisch setzt sich geschwungen und undeutlich begrenzt bis zum Innenwinkel fort, und ist an seiner Innenseite am Vorder- und Innenrande des Flügels dunkler gewölkt. Die Fransen sind etwas dunkler als der Flügelgrund und treten auf allen Rippen zackig vor; die Zacken sind ungefähr wie bei *Smer. populi*, doch weniger tief eingeschnitten, und an ihren Spitzen weniger stark abgerundet. Die Hinterflügel sind beim Mann bleichbraun, beim Weibe rothbraun, am Vorderrande heller. Am Saume zieht ein dunkles, einwärts verwaschenes Band, das vom Vorderrande gegen den Innenwinkel spitz zuläuft, nahe vor und parallel mit ihm ein verwischter dunkler Streif. Die Zacken sind schwächer als auf den Vorderflügeln, die Fransen bleicher, am Innenwinkel fast weiss. Unten sind alle Flügel beim Manne gelblichgrau, beim Weibe rothbraun mit dunklerem Mittelschatten, einem Bogenstreif dahinter und einem wolkigen Saumbande. Die Raupe ist chagrinartig rauh, grün mit einem langen röthlichen Horne, zwei weisslichgelben Querstreifen, welche hinter dem Kopfe beginnen, über die Mitte des Rückens ziehen und sich beim Horne vereinigen, und rothen Luftlöchern, deren jedes in einem undeutlichen lichten Schrägstriche steht; gleich der von *porcellus* und *elpenor* ist sie auf dem dritten und vierten Gelenke sehr dick und nach vorne rüsselformig verschmälert (meine Abbildung ist in der Form nicht gelungen). Die Puppe ist licht graubraun, auf den Flügelscheiden dunkler gesprenkelt, in den Leibeinschnitten und auf den Luftlochern dunkelbraun. Die Raupe fand

Zech im Mai und Anfangs Juni am Hundsflusse in feuchten, schattigen Gegenden auf wildem Wein, der sich um Baumstämme schlingt; die Entwicklung erfolgte schon 5—6 Wochen nach der Verpuppung.

Alecto L. Die Raupe (ihre Beschreibung wurde mir nicht mitgetheilt) Ende Mai und im Juni, dann wieder im Herbste an Weinstöcken, doch nur an solchen, welche als Spaliere an den Häusern gezogen werden. Von der ersten Generation erscheinen die Schmetterlinge schon 14 Tage nach der Verpuppung; von der zweiten überwintert die Puppe und liefert den Schmetterling im Frühjahre.

Celerio L. Die Raupe im Mai und August an denselben Stellen, wie *alecto*, doch weit seltener. Der Schmetterling schon 14 Tage nach der Verpuppung.

Livornica Esp. (*lineata* Fab.) Die Raupe im Mai selten auf Weinstöcken; der Schmetterling nach 5—6 Wochen.

Nerii L. Ebenfalls in 2 Generationen. Die Raupe im Frühling und Herbste, ziemlich häufig; die Schmetterlinge kleiner und matter gefärbt, als die hiesigen und Dalmatiner.

Zygaenoidae B.

Zygaena Fab.

Graslini m. Tafel 2, Figur 3 Mann, 4 die Raupe; Grösse etwas unter *achilleae*; Flügel kürzer und runder, wie bei *oxytropis* oder *rhadamanthus*. Die Behaarung des Körpers ist dicht und etwas filzig abstehend, schwarz. Dieselbe Farbe haben Beine und Fühler. Letztere sind sehr dick und plump und endigen wie bei *rhadamanthus* in eine dicke, oben stark abgestumpfte Kolbe. Die Vorderflügel sind matt stahlblau oder grünlichschwarz. Ihre gewöhnliche Zeichnung besteht in drei Paar untereinander stehenden scharf begrenzten, lebhaft zinnoberrothen Flecken, von denen die inneren zwei Paare durch die Innenrandsrippe der Mittelzelle schmal getheilt sind, das äussere Paar aber stets zusammenhängt. Die zwei Flecken an der Basis sind am längsten, beide gleich lang und jeder fast doppelt so lang, als breit; der obere stösst fast ganz an den Vorderrand an. Von dem Mittelpaare ist der untere Fleck grösser, als der obere, unregelmässig geformt und schräg nach aussen gestellt. Von dem äusseren Paare hat der obere Fleck ziemlich die Form des dritten und vierten, in der Grösse hält er aber das Mittel zwischen beiden; er steht ungefähr so, dass die Querrippe gerade durch seine Mitte zieht und an ihm hängt saumwärts zwischen Rippe 3 und 5 der sechste Fleck, der gewöhnlich längs der Rippe 3 sehr scharf abgegrenzt ist und ziemlich nahe vor dem Saume endet. Die Hinterflügel sind zinnoberroth mit schmalem schwarzen Saume. Unten sind die Vorderflügel dünn beschuppt und die rothe Zeichnung ist nebelartig in einander verflossen; die Hinterflügel sind wie oben. Varietäten sind nicht selten; es hängen oft der erste und dritte Fleck oder beide Mittelpaare, am seltensten alle Flecke zusammen. Die Raupe ist sammtschwarz mit glänzend schwarzem Kopf, gelben Beinen und gleichfärbigen Nacken und zwei Reihen blass rosenrothen Wärzchen — je zwei nebeneinander auf jedem Gelenke — über den Rücken. Sie wurde im Februar und März auf verschiedenen niederen Pflanzen gefunden und lieferte im April den Schmetterling, welcher zu derselben Zeit auch im Freien zahlreich erbeutet wurde. Das Gespinnst wurde mir nicht mitgetheilt.

Ino Leach.

Geryon Var. *obscura* Z.

Heydenreichi H.-Sch.

Ampelophaga Baile-Barelli.

Psychoidae H.-Sch.

Psyche Schk.

Villosella O. Nicht selten.

Bruandi m. Tafel 2, Figur 5, Männchen, 6 Sack der Raupe. Nahe an *apiformis*. Etwas schlanker, die Flügel nach aussen sehr erweitert und gerundet, die vordern am Innen- und Vorderrand fast gleich lang, die hinteren kaum länger als breit, kürzer als bei allen verwandten Arten. Körper etwas schlanker, als bei *apiformis*, dicht wollig, aber weniger zottig; die Wolle schwarzbraun, auf Rücken und Oberseite des Hinterleibes mehr gelbgrau. Fühler von ⅓ Vorderrandslänge mit langen, dünnen, ziemlich regelmässig gestellten, filzig behaarten Kammzähnen, welche gegen die Spitze zu allmälich kürzer werden. Vorderflügel an der Basis vom Vorderrande bis zur inneren Mittelrippe gelblichgrau, in der Mittelzelle fast ohne Beschuppung, die aus ihr entspringenden Rippen, der Raum von ihr bis zum Vorderrand und Saume und von Rippe 1 zum Innenrand schwarzgrau beschuppt. Hinterflügel ziemlich gleichmässig grau, nur am Innen- und Vorderrande und Saum etwas dunkler; die Rippen schwärzlich. Fransen schmal, schwarz. Die Vorderflügel haben 12 Rippen, 2 und 3, 6 und 7 gesondert, 4 und 5 aus einem Punct (bei einem Exemplare sind sie gesondert, doch sehr nahe an einander) 8 und 9 auf einem Stiele, 10 und 11 aus dem Vorderrande der Mittelzelle, 12 frei. Hinterflügel mit zweitheiliger Mittelzelle und 8 Rippen; 2 und 3, 6 und 7 gesondert, 4 und 5 gestielt (statt beiden zuweilen nur eine vorhanden), 8 frei aus der Wurzel. Das Weib verlässt die Puppenhülse nicht. Diese ist schwarz, vorn und hinten lichtbraun, von den verwandten Arten nicht zu unterscheiden. Die Raupe lebt auf dürren Gräsern. Die Säcke wurden schon Anfangs Jänner eingetragen; sie sind aus quer und dicht an einander liegende Stengeln verfertigt und mit grauer Seide umsponnen. Die Raupen lebten in der Gefangenschaft 2—3 Monate ohne Nahrung zu sich zu nehmen und lieferten Ende April und Anfangs Mai den Schmetterling. Die meisten Raupen starben und aus einer ziemlichen Menge Säcke erhielt ich nur 7 männliche und einige weibliche Schmetterlinge.

Bombycides B.

Bombyx B.

Cocles Hb. Der Schmetterling differirt, die Färbung abgerechnet, nicht erheblich von *trifolii*: die Raupe jedoch (von der ich ein halbwüchsiges und zwei erwachsene Exemplare ausgeblasen vor mir habe) ist dunkler behaart, als die von *trifolii*, mehr der von *quercus* ähnlich und hat einfärbig braune Nackenflecke ohne Orange, was für die Artrechte spricht. Sie wurde zahlreich im Frühlinge auf verschiedenen Pflanzen gefunden, doch starben fast alle oder vertrockneten als Puppen: ihr Cocon ist wie das von *trifolii* und *quercus*: aus einer mitgebrachten Puppe erhielt ich ein schönes Männchen am 2. October.

Liparides B.

Cnetocampa Steph.

Solitaris Freyer. Raupe im Frühjahre auf *Cypressen*, Schmetterling im Sommer.

Ocneria H.-Sch.

Atlantica H.-Sch. Drei defecte Männchen im Hochsommer Nachmittags in den Strassen der Stadt fliegend gefunden. Herrich-Schäffer's Abbildung gleicht gar nicht der Rambur'schen in der Faune d'Andalousie; es dürften hier wohl zwei verschiedene Arten anzunehmen sein und zu ersterer wahrscheinlich *lapidicola* H.-Sch. als kleinere Varietät gehören.

Orgyia O.

Trigotephras B. Nur zwei Männchen erhalten. In Andalusien fand ich die Raupe nicht selten im Mai an Eichbüschen: sie gleicht der von *antiqua*, hat aber mehr Blau.

Euprepioidae.

Hypenthina m.

Fulgurita m. Tafel 4, Figur 1, Weib. Ich erhielt nur 3 Männchen und 2 Weibchen, über deren Vorkommen mir nichts Näheres mitgetheilt wurde. Die Aehnlichkeit in Zeichnung und zum Theil auch im Habitus mit *Cynaeda dentalis* veranlassten mich, dieses Thier bei den *Pyraliden* abbilden zu lassen, nun ich aber zum Untersuchen komme, finde ich, dass der Schmetterling dem Geäder und den vorhandenen Ocellen nach nur bei den *Euprepioiden* untergebracht werden kann. Zu den *Pyraliden* kann er nicht gehören, denn er hat nur zwei freie Innenrandsrippen der Hinterflügel und diese haben drei; von den *Noctuen* entfernen ihn die aus dem Vorderrande der Mittelzelle, bei den *Noctuen* frei aus der Wurzel entspringende Rippe 8 der Hinterflügel; von den *Lithosiden* und *Geometriden* die Ocellen, von den *Drepanuliden* ebenfalls die Ocellen und das Geäder; an die übrigen Zünfte (Herrich-Schäffer's *Nycteoliden*, über welche weiter unten,) ausgenommen, ist ohnehin nicht zu denken. Zufolge der Flügelform, die mehr von den *Lithosiden* (z. B. *Setina*) als von den *Euprepiiden* hat, betrachte ich den Schmetterling als Bindeglied beider (übrigens nur durch die bei ersteren fehlenden, bei letzteren vorhandenen Ocellen getrennten, also auch ein sehr ungenügendes Merkmahl basirten und wohl richtiger sammt Herrich-Schäffer's *Nycteoliden* in eine Zunft zu vereinigenden) Familien und stelle ihn der vorhandenen Ocellen wegen zu letzterer, wo er der platten Stirne, schwachen Zunge und des Geäders wegen eine eigene Gattung bildet. Von sämmtlichen *Euprepiiden* hat nur *Emydia* keine Rippe 5 der Hinterflügel (bei allen übrigen Gattungen ist sie so stark wie die andern Rippen), diese Gattung hat aber keine Anhangzelle, eine verticale Stirn, Spiralzunge und anders geformte Fühler. Ich gebe vorerst die Beschreibung der Körpertheile: Körper schlank, anliegend beschuppt, Hinterleib ohne Schöpfe, beim Weibe wenig dicker als beim Manne und ziemlich spitz zulaufend; die Afterklappen des Mannes länglich halbkugelförmig, gut zusammenschliessend. Beine anliegend beschuppt, nur die Schienen aussen mit kurzen spärlichen Haaren; von den Schienen die vordern $^1/_3$ kürzer, die mittleren eben so lang, die hinteren $^1/_3$ länger als ihre Schenkel; die hinteren mit langen Mittel- und Endspornen. Augen nackt, ziemlich gross, Stirne platt, in Form einer länglichen Blase vorspringend. Palpen schwach und hängend, mit sehr kurzem, stumpfen Endgliede, kurz beschuppt, gut bis zum Stirnvorsprung reichend. Zunge nur aus zwei ganz kurzen, weichen Fäden bestehend. Ocellen seitlich der Fühlerbasis, dicht ober dem Augenrande. Fühler nicht ganz halb so lang, als der Vorderrand der Vorderflügel, beim Manne dick, mit sehr kurzen Kammzähnen; die Zähne nicht länger als der Durchmesser des Fühlerschaftes, jeder Zahn mit einem ihn an Länge übertreffenden Pinsel steifer Haare besetzt; beim Weibe borstenförmig. Halskragen und Schulterdecken wie bei *Emydia* geformt. Rippenbildung: Vorderflügel mit 12 Rippen und einer auf die Mittelzelle aufsitzenden Anhangzelle. Rippe 1 läuft nahe ober dem Innenrande des Flügels, 2 entspringt aus dem Innenrande der Mittelzelle, 3 vor, 4 aus der unteren Ecke derselben, 6 aus der oberen, 5 sehr nahe an 4, 7 und 8 aus der Spitze der Anhangzelle, 9 aus 8, 10 aus dem Vorderrande der Mittelzelle, 12 zieht frei, als Vorderrandsrippe. Die Hinterflügel haben eine Haftborste und acht Rippen; Rippe 3 und 4, 6 und 7 entspringen aus einem Puncte, ersteres Paar aus der unteren, letzteres aus der oberen Ecke der Mittelzelle, 2 aus ihrem Innen-, 8 aus ihrem Vorderrande, 5 fehlt. Beschreibung der Flügelform und Zeichnung: Vorderflügel gestreckt, (beim Manne kürzer als beim Weibe) an der Basis schmal, nach aussen erweitert, mit bauchigem Saume, geradem Vorder- und Innenrande, etwas vortretender stumpfer Spitze, kürzerem, stark gerundeten Innenwinkel. Hinterflügel am Innen- und Vorderwinkel gerundet, ihr Saum zwischen Rippe 4 und 6 ein klein wenig eingezogen. Die Vorderflügel sind hellgrau; sie erscheinen hier und da durch lichtere Stellen etwas längsstreifig und haben am Vorderrande gegen die Spitze zu einige dunklere Strichelchen. Zwei bleich strohgelbe, tief schwarz unterstrichene Längsstriemen ziehen von der Basis nach aussen; der eine stösst mit seiner oberen Seite an den Innenrand der Mittelzelle und reicht bis zur Flügelmitte; der andere steht in der Mittelzelle selbst und zwar so, dass er dieselbe theilt, nämlich seine obere Seite an den Vorderrand der Zelle stösst und der schwarze Streif unter ihm durch die Mitte der Zelle zieht; auf dem Zellenschlusse steht ein auswärts gekehrter halbmondförmiger lichter Fleck, hinter welchem der Längsstrahl sich in die Grundfarbe verliert. Von der Flügelspitze zum unteren Längsstriemen läuft eine Reihe geschwungener unregelmässiger lichter Splitterflecke, welche aussen schwärzlich aufgeblinkt sind und zwischen beiden Striemen ist die Grundfarbe etwas dunkler grau, als auf der übrigen Fläche. Die Saumlinie ist schwarz punctirt. Die Fransen sind breit, grau, auf den Rippen schmal hellgelb durchschnitten. Die Hinterflügel sind bleich grau, an Basis und Fransen etwas heller. Unten ist ausser dem hellen Mondfleck der Vorderflügel keine Zeichnung vorhanden; die Fransen der Vorderflügel sind hier bleicher gescheckt, als oben. Meine drei Männchen sind etwas dunkler gefärbt, als die zwei Weibchen, aber nicht ganz rein, daher ich lieber das Weibchen abbildete.

Callimorpha Lat.

Hera L. Sehr grosss.

Arctia Steph.

Oertzeni m. Tafel 2, Figur 9, Weibchen, 8 Raupe. Auf den ersten Anblick der *pudica* ähnlich, Thorax und Halskragen sind aber einfarbig schwarz (bei *pudica* ersterer gelb gestreift, letzterer ganz gelb), die Fühler lichtgelb, an der Spitze bräunlich (bei *pudica* schwarz), der Längsstriemen der Vorderflügel verbindet stets nur die beiden mittleren Querbänder, während er bei *pudica* bis zum Saume zieht, alle Striemen sind viel höher fleischfarb angeflogen, die Hinterflügel lebhafter roth etc. Fühler und Beine sind wie bei *pudica* gebildet und der Schmetterling variirt auf gleiche Weise. Er wurde Mitte October in 8 Exemplaren an Steinen sitzend gefunden. Die Raupe war im Jänner und Februar unter Steinen häufig, doch entwickelte sich auch nicht Ein gutes Exemplar. Sie ist schmutzig grau mit steifen borstigen gelbbraunen Haaren, lichtem Seitenstreife, einer schmäleren Linie über demselben, lichtbraunem Kopf und röthlichen Füssen.

Den Schmetterling benannte ich zu Ehren des Herrn August von Oertzen in Friedland in Mecklenburg und es gereicht mir um so mehr zum Vergnügen, diesem liebenswürdigen Ehrenmanne und eifrigen Entomologen diesen Beweis meiner Hochachtung geben zu können, als *Endorea Oertzeniella* Herrich-Schäffer mit *pallida* Stephens zusammenfällt.

Oenogyna m.

Clathrata m. Tafel 2, Figur 7, Männchen. Nur diess eine Stück erhalten. Der Schmetterling ist etwas grösser als *maculosa* oder *parasita* und hat dieselbe Flügelform. Kopf, Brust und Thorax sind dicht wollig behaart, die Behaarung bildet zwischen den Fühlern einen Schopf; dieser ist mitten schwarz, an den Seiten schmutzig weiss. Der Halskragen ist schmutzig weiss, schwarz gerandet, der Thorax blass fleischfarb, die Mitte desselben und die jeder Schulterdecke schwarz; die Brust schwarz, vorn gelblichweiss, der Hinterleib weisslich fleischfarb mit einem schwarzen Streifen, der auf dem ersten Segmente die ganze Breite desselben einnimmt, gegen das Ende zu sich aber allmälig verschmälert; die Behaarung ist auf den ersten Segmenten zottig, gegen das Ende des Leibes geht sie allmälig in anliegende Beschuppung über. Die Beine sind kurz, ganz in den dichten Zotten der Brust versteckt. Ohne sie loszubrechen, kann ich nur die vorderen genau besehen, deren Schenkel hochcarmoisinroth und deren Schienen schwarz, sehr kurz mit einer starken Kralle am Ende sind, dann die hinteren, deren Schienen bloss Endspornen haben. Die Fühler haben wie bei *maculosa* lange dünne Kammzähne bis zur Spitze; der Schaft ist schmutzig weiss, die Kammzähne sind schwarz. Die Vorderflügel sind schwarzbraun mit schmutzig weissen gitterartigen Striemen. Einer derselben zieht von der Mitte der Basis, wo er blass fleischfarb angeflogen ist, gerade zum Saume und läuft da dicht ober dem Innenwinkel aus, ein anderer hinter ⅔ der Flügellänge vom Vorderrande zur Mitte des Innenrandes ziehender durchkreuzt ihn; in dem dadurch abgeschlossenen Mittelfelde steht am Vorderrande ein schmaler, länglicher, etwas einwärts gebogener Striemen, im Saumfelde ein Zackenstreif, von welchem der erste Zacken am Vorderrande nahe vor der Flügelspitze beginnt und in das obere Drittel des Saumes zieht, der zweite in das obere Drittel des Querstriemens, der dritte in das Ende des Längsstriemens ausläuft. Die Hinterflügel sind schmutzig weiss mit einem unregelmässigen schwarzen Querbande vom Vorderrande über den Zellenschluss bis zu Rippe 2, einem grösseren gleichfärbigen Fleck vor der Flügelspitze, der nicht ganz an den Saum anstosst und zwei kleineren an den Saum anstossenden gegen den Innenrand zu. Alle Fransen und der Innenrand der Vorderflügel sind schmutzig weiss. Unten haben alle Flügel dieselbe Zeichnung wie oben, nur ist das Schwarzbraun matter und der Längsstriemen der Vorderflügel lebhafter fleischfarb, als oben. Die gleich gebildeten und gefärbten Vorderbeine könnten in meinen *clathrata* den Mann zu *Löwi* vermuthen lassen. Dem widersprechen aber die hier hellen, dort schwarzen Fühler*).

---

*) Die Gattungsmerkmale von *Oenogyna* (*Trichosoma* B.) sind nicht stichhaltig. Die Kralle der Vorderschienen fehlt bei *zoraida* Rb. (*hemigena* Grastin) und das Weib ist nicht immer verkümmert, wovon mich eine bei Tarsus in Karamanien vorkommende Art, welche mir Herr E. Bellier de la Chavignerie in Paris kürzlich in drei Exemplaren mittheilte und ich nach ihm benenne, überzeugt. Diese hat ein vollkommen geflügeltes Weib, aber auch die Kralle der Vorder- und bloss Endspornen der Hinterschienen.

Arctia Bellieri m. Etwas kleiner als *maculosa*, Vorderflügel mehr gerundet, wie bei *luctuosa*. Der Schmetterling scheint sehr zu variiren, Kopf, Brust, Thorax und Beine sind bei meinem Männchen einfärbig gelbgrau, bei den zwei Weibchen dunkler, braungrau. Der Hinterleib ist anliegend beschuppt, oben beim Manne fleischfarb, beim Weibe schön roth mit einer Reihe schwarzer Flecken über den Rücken und groben schwarzen Puncten in den Seiten, unten schwarz. Die Vorderschenkel sind lebhaft carmoisin mit einer langen starken Kralle am Ende, die Mittel- und Hinterschenkel bleichroth, die Schienen und Füsse mit der Brust gleichgefärbt; die Hinterschienen haben nur Endspornen. Die Fühler haben bei meinem (im Ganzen weit heller gefärbten) Männchen einen hellgelblichen Schaft und zwei Reihen gleich langer regelmässiger Kammzähne bis zur Spitze, beim Weibe sind sie dunkler und haben kurze scharfe Sägezähne. Die Vorderflügel des Männchens sind schmutzig graubraun mit trüb lehmfarbigen Querbändern, welche die Grundfarbe fast ganz verdrängen. An der Basis ist diese Querzeichnung ganz verworren und undeutlich; es lässt sich nur ein Vartiger mit seiner Spitze auswärts gerichteter Zacken von der Farbe des Flügelgrundes, welcher auf den Rippen hell durchschnitten ist und einen dunklen Punct an der Flügelbasis einschliesst, erkennen. Deutlich sind die folgenden zwei Querbänder, von denen das eine mit seiner Innenseite an die Querrippe der Mittelzelle anstösst (in dieser selbst steht nahe vor der Binde ein kleiner lehmgelber Fleck) das andere durch die Mitte des äusseren Flügelraumes zieht. Der Saum und die Fransen sind ebenfalls lehmgelb und diese Farbe macht auf den Rippen splitterartige Flecke nach innen; die braune Grundfarbe der Flügel zwischen beiden Binden erscheint daher als eine Reihe abgesetzter Flecke. Die Hinterflügel sind bleichroth, längs des Innenrandes etwas dunkler, mit einem schwarzgrauen Fleck auf der Querrippe, einem gleichfarbigen Bande dahinter, das am Vorderwinkel beginnt, ununterbrochen bis zu Rippe 2 zieht und nicht mit seiner ganzen Länge an den Saum anstösst, und einem gleichfarbigen Fleck am Innenwinkel. Unten ist dieselbe Zeichnung, wie oben, nur bleicher vorhanden.

Von meinen zwei Weibchen hat das eine kaffehbraune Vorder- und mennigrothe Hinterflügel, das andere graubraune Vorder- und carmoisinrothe Hinterflügel. Von der lichten Zeichnung der Vorderflügel finden sich bei ersterem nur 3 abgerissene Flecke der ersten Querbinde und die zweite Binde, welche ebenfalls viel schmäler und auf den Rippen unterbrochen ist; ferner einige ganz kleine gelbliche Flecken am Saume auf den Rippen. Das zweite Exemplar hat von der äussern Querbinde nur wenige Spuren, dagegen als Ueberreste der Basalzeichnung einen hellen kleinen Fleck ziemlich nahe an

Noctuina.

Simyra Tr.

Dentinosa Freyer. Raupe häufig in grossen Nestern an *Euphorbien*.

Acronycta Tr.

Rumicis L.

Bryophila Tr.

Labecula m. Tafel 2, Figur 10. Männchen. Ich erhielt nur diess eine Stück; es wurde im Sommer, schon etwas geflogen, an einem Felsen gefunden. Grösse, Flügelschnitt und Beschuppung wie bei *lupula*, Fühler mit eben so langen Wimpern. Körper grau, Hinterleib auf dem ersten und zweiten Segmente nur mit schwachen Spuren von Rückenschöpfen, (doch mögen diese abgerieben sein), Palpen aufwärts gekrümmt, etwas vorstehend; Beine kräftig, Schenkel und Schienen längshaarig. Vorderflügel matt graubraun. Zeichnungsanlagen wie bei *lupula*, die beiden Makeln aber fein lichtgrau umzogen, das Mittelfeld mit einem grossen bleichgelben Fleck unter den Makeln, die äussere Wellenlinie heller. Hinterflügel aschgrau, saumwärts dunkler, mit dunklem Mittelpunct und helleren Fransen. Unterseite grau; Vorderflügel mit Andeutung der Makeln, Hinterflügel mit Mittelpunct.

Spintherops B.

Exsiccata m. Tafel 2, Figur 12, Mann. Ich erhielt nur das abgebildete Männchen. Dieses ist ⅓ kleiner als *dilucida* und noch schlanker; die Vorderflügel sind beträchtlich schmäler, als bei dieser Art, sonst aber nebst den Hinterflügeln eben so geformt. Die Zeichnung ist gegen die verwandten Arten etwas fremdartig und erinnert einigermassen an *Charadrina*, wovon aber schon die gleichstarke Rippe 5 der Hinterflügel den Schmetterling entfernt. Körper und Beine grau, sehr lang und schlank, ersterer den Innenwinkel der Hinterflügel überragend und etwas flach gedrückt, letztere sehr spärlich behaart, die Hinterschienen fast doppelt so lang, als die Schenkel mit zwei Paar langen Spornen, der Hinterfuss kaum halb so lang, als die Schiene. Zunge spiral, Palpen aufwärts gekrümmt, das erste und zweite Glied dicht, lang und schneidig beschuppt, das dritte am Scheitel empor ragend, schneidig, die Beschuppung kurz und anliegend. Halskragen und Rücken glatt gestrichen, Hinterleib ohne Schöpfe. Fühler fein, mit

---

der Wurzel und einen grösseren neben ihm, gegen die erste Mittelbinde zu; alle helle Zeichnung ist bei diesem Exemplare schwärzlich umzogen. Die Zeichnung der Hinterflügel stimmt bei beiden Exemplaren mit der des Mannes, doch ist sie hier dunkler. Unten führen alle Flügel dieselbe Zeichnung wie oben, nur sind die Binden der Vorderflügel so lebhaft roth, wie die Hinterflügel und der Flügelgrund ist fast schwarz.

langen, dünnen, weit von einander stehenden Wimpern. Vorderflügel hellgrau mit etwas gelblichem Stich, am Aussenrand dunkler, fast schwarzgrau, die in diesem dunklen Grunde stehende lichte Wellenlinie undeutlich, verwaschen, in ihrer Mitte etwas nach aussen vorspringend. Basal- und Mittellinien, so wie der Mittelschatten fehlen gänzlich und es findet sich an Zeichnung nur die sehr kleine, licht holzgelbe, dunkler gekernte runde Makel und die weit von ihr entfernte ebenfalls sehr kleine Nierenmakel, welche weiss ist und innen an Ober- und Unterseite einen schwarzen Punct trägt; ferner ein feiner ästiger schwarzer Längsstrich unter den Makeln, welcher von der Basis bis zur Gegend der runden Makel reicht und schwarze Ausfüllung zwischen beiden Makeln. Die Hinterflügel sind weissgrau mit einem breiten schwarzgrauen, nach innen verwaschenen und vor dem Innenrande verlöschenden Randbande, dunkler bezeichneten Rippen und Zellenschlusse. Unten sind alle Flügel weiss mit breitem schwarzen, nicht ganz zum Innenrande reichenden Randbande und hellgrauen Fransen; die vorderen noch mit zwei schwarzen Puncten auf den Enden der Querrippe, die hinteren nur mit einem, auf dem oberen Ende derselben.

Triphaena Tr.

Pronuba L. und Var. *innuba* Hb.

Agrotis Tr.

Puta Hb.
Trux Hb.
Suffusa S. V.

Hadena Tr.

Chenopodii S. V.

Scriptura Freyer. Ein verkrüppeltes Stück entwickelte sich bei mir aus einer mitgebrachten Puppe im Jänner.

Retina Freyer. Die Raupe vom November bis zum Februar unter Steinen. Sie ist röthlichbraun mit einem schwachen Absatz auf dem letzten Gelenke. Das Rückenschiff ist breit aschgrau, beiderseits schwarz eingefasst. Auf dem ersten Gelenke stehen zwei grosse schwarze Puncte neben einander, auf dem zweiten zwei kleinere; von ihnen laufen die beiden Rückenlinien aus; und auf dem vorletzten und letzten Segmente sind diese ebenfalls punctartig verdickt. Die Raupe nährt sich von verschiedenen niederen Pflanzen und liefert den Schmetterling 4 Wochen nach der Verpuppung.

Phlogophora Tr.

Meticulosa L.

Charadrina Tr.

Exigua Hb. Ziemlich viele Exemplare erhalten.

Latebrosa m. Tafel 2, Figur 11. Weibchen. Mit *exigua* verwandt. Vorderflügel aber kürzer und breiter, ungefähr wie bei *morpheus*, Hinterleib ebenfalls mit einem horizontalen Schuppenkamm auf dem ersten Segmente. Stirne glatt beschuppt, Thorax glatt gestrichen, Palpen aufwärts und etwas vorstehend, mit kurzem stumpfen Endgliede. Zunge spiral. Fühler beim Manne mit schwach vortretenden Ecken und langen dünnen Wimpern, beim Weibe kurz bewimpert. Zeichnung in beiden Geschlechtern gleich. Thorax und Vorderflügel erdbraun, mehr oder weniger ins Graue ziehend, glanzlos; die halbe Querlinie an der Wurzel kaum angedeutet, die beiden Mittellinien deutlich und doppelt, innen dunkler als aussen, wie bei *exigua* angelegt. Beide Makeln heller als der Grund, fein schwärzlich umzogen, wie bei *exigua* geformt; die Nierenmakel ist dunkler gekernt, die Zapfenmakel fehlt. Der Mittelschatten ist kaum angedeutet. Die lichte Wellenlinie ist weit verloschener, als bei *exigua* und hat an ihrer Innenseite zuweilen einige dunkle Pfeilstriche. Alle Linien und der Mittelschatten entspringen aus dunklen Vorderrandflecken und zwei lichte Puncte stehen noch am Vorderrande zwischen der äusseren Mittel- und lichten Wellenlinie. Die Hinterflügel sind nebst den Fransen schneeweiss mit feiner dunkler Saumlinie. Unten sind die Vorderflügel aschgrau, die hintern weiss, am Vorderrande grau bestäubt, zeichnungslos. Die Raupen wurden zugleich mit denen von *retina* gefunden, aber nicht näher beachtet. Ich erhielt nur 8 Schmetterlinge. Die Flügelform unterscheidet *latebrosa* leicht von *exigua*, die langen Wimpern der männlichen Fühler und der Schuppenkamm des Hinterleibes von den übrigen *Charadrinen*.

Cerastis Tr.

Mansueta H.-Sch. Nur zwei Stücke.

Cleophana B.

Antirrhini Hb. So licht blaugrau gefärbt, wie *linariae*, alle Zeichnung viel schärfer als gewöhnlich.

Cucullia Tr.

Chamomillae S. V. nebst Var. *calendulae* Tr. und *chrysanthemi* Hb.

Plusia Tr.

Chalsytis Hb. Raupe im Herbst auf Salbey, Schmetterling schon im Februar.

Gamma L.

Circumflexa L. (*graphica* H.-Sch.)

Ni Hb.

Heliothis Tr.

Peltigera S. V. Darunter auch zwei Stücke der Var. *nubigera* H.-Sch.

Armigera Hb.

Acontia Tr.

Urania Freyer. Nur ein schlechtes Stück.

Catocala Schk.

Hymenaea S. V.

Separata Freyer. Circa 20 Stücke im Juli in gelegten dürren Eichbüschen gefangen. Der Schmetterling ist vielleicht doch nur eine düster gefärbte Varietät von *disjuncta*.

Eutychea Tr. Ein Pärchen an Eichstämmen.

Nymphagoga Hb. Mehrere sehr grosse Exemplare zugleich mit *separata* gefangen.

Ophiusa Tr.

Tirrhaea Fab. Ein Stück an einem Johannisbrotbaum sitzend gefunden.

Illunaris Hb.

Algira L.

Geometrica Fab.

Stolida Fab.

Zethes Rb.

Insularis Rb. (*Nattyi* Freyer.) In Mehrzahl im Mai und Juni an trockenen Berglehnen; kleiner, viel dunkler und schärfer gezeichnet, als gewöhnlich.

Thalpochares m.

Ostrina Hb. mit ihren Varietäten.

Parva Hb.

Phoenissa m. Tafel 2, Figur 13, Männchen. Grösse und Flügelschnitt von *parva*. Kopf, Thorax und Hinterleib gelblichweiss. Vorderflügel in zwei Querfelder getheilt. Das innere ist etwas kleiner, als das äussere, bleich strohgelb, am Ende in schräger Richtung nach innen gerade abgeschnitten und daselbst olivgrün begrenzt, welche Farbe in das Gelb sanft vertrieben ist. Das äussere ist violett-rosa; die Flügelspitze ist durch einen bräunlichen, innen verloschenen Schrägwisch getheilt; ober dem Innenwinkel und zwar nahe vor dem Saume steht noch ein mehr oder weniger deutlicher, gelblicher, aussen braun beschatteter länglicher Fleck. Die Fransen sind gelb. Die Hinterflügel sind lichtgrau, nach aussen etwas dunkler, mit helleren Fransen. Die Unterseite ist einfärbig grau, ohne Zeichnung; die Vorderflügel sind nach aussen etwas dunkler, als die hinteren. Es wurden nur wenige Stücke im Sommer an trockenen Berglehnen gefangen.

Psilogramma m. Tafel 2, Figur 14, Weibchen. Mit *polygramma* verwandt, aber etwas grösser, fast wie *glarea*. Körpertheile wie bei allen verwandten Arten geformt. Kopf, Rücken, Hinterleib und Vorderflügel kreidigweiss, glanzlos. Die Zeichnung der letzteren besteht in zwei verloschenen schwarzen Puncten, welche die Makeln vertreten und wie bei *polygramma* gestellt sind und drei zarten olivbraunen, beiderseits heller begrenzten vom Vorderrande schräg nach aussen gewendeten, sodann winklich gebroebenen schräg einwärts ziehenden Linien. Die innere derselben zieht über den ersten schwarzen Punct und ist sehr verloschen; die äusseren zwei sind am schärfsten, ziehen ziemlich weit hinter dem ersten Punct, parallel und sehr nahe an einander; hinter ihnen wird der Raum bis zum Saume dunkler, mehr bläulichgrau; von der Flügelspitze zieht ein heller Wisch in den Winkel der äussern Querlinien, vor ihm steht ein schwärzlicher, punctartiger Fleck, am Vorderrande drei licht olivbraune Strichelchen und parallel mit dem Saume, gegen den Innenwinkel zu noch eine weissgraue verloschene Linie. Die Saumlinie ist matt olivbraun. Die Fransen sind breit, der Länge nach getheilt, zur inneren Hälfte olivfarb, einwärts heller verwaschen, zur äussern lichtgrau, von einer hellen Längslinie durchschnitten. Die Hinterflügel sind sammt den Fransen hellgrau und haben gegen den Innenwinkel zu Spuren der Fortsetzung der Linien der Vorderflügel. Unten sind alle Flügel bräunlichgrau, zeichnungslos. Ich erhielt nur diess eine Stück.

Hypena Tr.

Revolutalis Zeller. (*Lepidoptera microptera, quae J. A. Wahlberg in Caffrorum terra collegit, Stockholm* 1852, pag. 10.) Tafel 3, Figur 1, Männchen. Nur wenige Stücke; meist verflogen. Herr Professor Zeller erhielt nur das Männchen vom Cap; das Weibchen ist wie das von *antiqualis* gebildet.

Obsitalis Hb.

Lividalis Hb.

Herminia Tr.

Crinalis Tr.

Rivula Guen.

Sericealis S. V.

Geometroidae.

Phorodesma B.

Neriaria H.-Sch. Nur ein Männchen.

Eucrostis Hb.

Indigenata de Villers.

Beryllaria Mann.

Nemoria Hb.

Cloraria Hb.

Acidalia Tr.

Scutulata S. V.

Camparia H.-Sch.

Reversata Tr.

Politata Hb.

Filicata Hb.

Aridata Z.

Rufillaria H.-Sch.

Inclinata m. Tafel 3, Figur 2, Männchen. Der Schmetterling gehört in meine Unterabtheilung A *b* 2 ✿, deren Arten Rippe 6 und 7 der Hinterflügel gestielt, im männlichen Geschlechte ungespornte verkümmerte Hinterbeine und lang und dünn gewimperte Fühler haben. Etwas kleiner, als *muricata* Hufnagel (*auroraria* S. V.), Flügelschnitt wie bei dieser Art. Körper schmutzig braungelb, Palpen ungemein kurz und schwach, nur bis zur Stirn reichend, Zunge spiral. Beine anliegend beschuppt, die hinteren beim Manne sehr kurz, ihr Fuss etwa halb so lang als die Schiene, beim Weibe wenig kürzer, als die mittleren, mit Endspornen und vollkommenem Fusse. Fühler beim Manne mit abgesetzten Gliedern und langen, dünn gestellten Wimpern. Vorderflügel schmutzig braungelb. Die Zeichnung besteht in etwas dunkleren Querlinien und hat in ihrer Anlage (den rothen Vorderrand abgerechnet) einige Aehnlichkeit mit *osseata*, nur ist sie viel unbestimmter und verflossener. Die am schärfsten gezeichneten Stücke haben die beiden Mittellinien deutlich, doch nicht scharf, ein kleines Feld an der Wurzel (sehr verloschen) und das von der lichten Wellenlinie durchzogene Saumfeld dunkler braungelb; dieses ist deutlicher als bei *osseata*, schmäler und innen schärfer begrenzt, als aussen. Das Mittelfeld hat meist, doch nicht immer einen schwärzlichen Mittelpunct auf der Querrippe, worüber ein breiter, bräunlicher Mittelschatten läuft; hinter diesem ist der Raum bis zur äussern Mittellinie stets viel heller, als die übrige Flügelfläche. Die Hinterflügel haben vom Mittelschatten bis zum Saume die Fortsetzung her Vorderflügelzeichnung, sie ist aber nur am Innenrande deutlich, nach vorne verloschen. Die Fransen sind breit, ganzrandig, mit der Flügelfarbe gleich; die Saumlinie ist nur wenig dunkler. Unten sind die Flügel gelbbraun; saumwärts haben sie die Zeichnung der Oberseite angedeutet. Das Weib ist gewöhnlich etwas schärfer gezeichnet, als der Mann. Es wurden circa 20 Stücke gesammelt.

Turbidaria Hb.

Immutata L.

Coenosaria m. Tafel 3, Figur 3, Männchen. Hat nach Herrich-Schäffer's Abbildung einige Aehnlichkeit mit der mir unbekannten *luridata* Zeller (aus Rhodus). Herr Professor Zeller bestätigte mir aber die Verschiedenheit meiner Art. Noch näher steht ihr in Zeichnung und zum Theil auch Färbung *falsaria* H.-Sch. Figur 464*) (463 dürfte eine

*) In meiner Spanner-Classification ist *falsaria* durch einen Druckfehler mit *luridata* Zeller zusammengeklammert, während sie als eigene Art aufgeführt sein soll.

dunkle Varietät von *confinaria* sein, wie ich sie seither auch aus Tirol erhielt, wenn nicht etwa die Bildung der Hinterbeine differirt), die ich aus Andalusien brachte. Von diesen hat aber das Weibchen — das Männchen kenne ich nicht — bloss Endsporuen der Hinterbeine, *coenosaria* aber im weiblichen Geschlechte Mittel- und Endspornen, im männlichen, kurze ungespornte Hinterbeine. Grösse ⅓ unter *immutata*; von den fünf Exemplaren die ich besitze, sind zwei etwas ansehnlicher, als das abgebildete. Körper, Beine und Fühler schmutziggelb, Zunge spiral, Palpen aufwärts gebogen, anliegend beschuppt, etwas über die Stirne vorstehend, Stirne schwarzbraun; Hinterbeine beim Manne kurz, Schienen ungespornt, mit einem weisslichen bis zur Mitte des ersten Tarsengliedes reichenden Haarpinsel an der Innenseite, Fuss fast so lang, als die Schiene; beim Weibe mit Mittel- und Endspornen. Fühler beim Manne mit sehr schwach vortretenden Ecken und langen, dünn gestellten Wimpern, beim Weibe nackt. Die Grundfarbe der Flügel ist ein mattes, staubiges, mit feinen schwärzlichen Atomen bestreutes Ockergelb. Die Vorderflügel haben die beiden Mittellinien und den Mittelschatten deutlich, bei sehr reinen und lebhaft gezeichneten Exemplaren zimmtroth gefärbt; bei matt gezeichneten oder geflogenen Stücken fehlt dieser zimmtrothe Anflug und die Zeichnung erscheint dadurch mehr graubraun. Alle Zeichnung entspringt aus dickeren, etwas schärfer marquirten Vorderrandsflecken und besteht nicht aus scharfen Linien, sondern ist nur aus angehäuften Atomen gebildet. Beide Mittellinien sind am Vorderrande nach aussen gewendet, ziehen aber dann parallel mit dem Saume; die äussere besteht zum grössten Theil aus schwachen, auswärts gekehrten und auf den Rippen etwas dunkler marquirten Halbmonden. Der Mittelpunct ist ein wenig dunkler, als die Querlinien, matt und unbestimmt (nur bei einem Exemplare

---

Ich nehme hier noch Veranlassung zu berichten, dass hinter *lotaria*:

o *Tempestaria* H.-Sch.

o { *Ablutaria* B. H.-Sch. 382—83.
Ruficinctaria Guenée in lit.
Muscosaria Led. in lit. }

o { *V. probaria* Mann in lit.
Salicaria H.-Sch. 529. }

hinter *tristaria*:

{ *Brulleata* Dup.
Decrepitata Behemann. }

hinter *consignata*:

Irriguata Hb.

einzuschalten, bei *ambustata*, *gesticularia* und *cognata* die o zu streichen ist, *serotinaria* und *tibialata* dagegen als österreichisch ein o zu erhalten haben, zu *punctata* als Synonym: *Nemoraria* Freyer 605, zu *sparsata*: *melanoparia* Graslin (Annalen 1848) gehört, statt *holosericata*: *holosericearia*, statt *fulginaria*: *fuliginaria*, statt *effractiaria*: *effractaria*, statt *tritinearia*: *trilinearia* zu lesen ist und das Geäder meiner Figur 22 aus Versehen pag. 69 bei *Phasiane* statt pag. 70 bei *Eubolia* citirt wurde.

etwas deutlicher). Der Mittelschatten steht bei allen meinen Stücken der inneren Mittellinie viel näher, als der äusseren, während er bei den verwandten Arten mitten zwischen beiden zieht; er entspringt gerade ober dem Punct, zieht um denselben aussen herum und setzt sich unter ihm zum Innenrande fort; zuweilen fehlen die wenigen dunklen Atome, welche diesen Bug bilden und dann scheint der Schatten (wie bei dem abgebildeten Exemplare) gerade über den Punct zu laufen. Die lichte Wellenlinie ist ganz unbestimmt, nur an ihrer Innenseite durch einige dunklere Wolkenflecke (wie bei *immutata)* begrenzt, nach aussen aber ganz verwaschen. Die Hinterflügel (auf welchen Rippe 6 und 7 aus einem Punct entspringt) haben deutlichen schwärzlichen Mittelpunct, vor ihm ziehenden starken Mittelschatten, Fortsetzung der äusseren Mittellinie, die hier ebenfalls auf den Rippen schärfer marquirt ist und die lichte, an ihrer Innenseite dunkler gewölkte Wellenlinie. Die Saumlinie besteht auf allen Flügeln aus abgesetzten groben schwärzlichen Strichen: die Fransen sind mit der Flügelfläche gleichfarbig. Die Unterseite ist gelblichgrau, zeichnungslos.

Flacciduria Z.

Imitaria Hb.

Zonosoma m.

Pupillaria Hb.

Pellonia Dup.

Calabra Petagna. Var. *tabidaria* Zeller.

Macaria Curtis.

Aestimaria Hb.

Nychiodes m.

Liridaria Hb. Glanzloser und $^1/_3$ kleiner, als die französischen.

Synopsia Hb.

Deliciosaria m. Tafel 2. Figur 4. Männchen. Diese Art bildet mit der in diesen Schriften beschriebenen sibirischen *phaeoleucaria* eine eigene Unterabtheilung, deren Arten nur Endspornen der Hinterbeine haben; die Zeichnung ist etwas fremdartig, doch weisen das Geäder, die fast fehlende Zunge und der Mangel eines kahlen Fleckens an der Basis der männlichen Vorderflügel dem Schmetterlinge hier seinen Platz an. Ich erhielt nur ein Pärchen. Das Männchen ist um $^1/_3$, das Weibchen $^1/_4$ kleiner, als gewöhnliche männliche Exemplare von *sociaria*; die Flügelform ist dieselbe bis auf die Spitze der Vorderflügel, welche hier scharf, dort etwas gerundet ist. Das Weibchen ist durch den Mangel der Haftborste ausgezeichnet, das Männchen besitzt sie. Körper weiss. Thorax stark behaart, hinten mit getheiltem Schöpfchen, weiss und braun gemischt. Stirne anliegend beschuppt, Palpen sehr schwach und kurz, kaum bis zur Stirn reichend, Zunge ganz verkümmert; Beine anliegend beschuppt, Hinterschienen dünn und schwach, in beiden Geschlechtern bloss mit Endspornen. Fühler weisslich bestäubt, beim Manne mit langen regelmässig gestellten und abwärts stehenden Kammzähnen, bis zur Spitze, beim Weibe ebenfalls gekämmt, die Kämme nur wenig kürzer. Flügel schneeweiss. Vorderflügel mit kaffehbraunem schmalen, durch eine grobe schwarzbraune Linie eingesäumten Wurzelfelde, das vom Vorderrande schräg nach aussen zieht und zwischen Rippe 2 und 1 und auf 1 selbst scharfe Zacken nach aussen macht. Die äussere Mittellinie ist ungemein weit saumwärts gestellt, doppelt angelegt und sehr scharf. Sie zieht zur oberen Hälfte parallel mit dem Saume, krümmt sich dann einwärts und biegt sich vor ihrem Ende wieder nach aussen, dem Innenwinkel zu. Nahe an ihr, am Vorder- und Innenrande an sie anstossend, zieht der Mittelschatten; er ist mattbraun verwaschen, nur in der Gegend des Zellenschlusses schärfer marquirt; sonst hat das Mittelfeld keine Zeichnung. Das Saumfeld ist schmal, weiss; die äussere Mittellinie ist hier am Vorderrande durch einen bräunlichen Wisch, am Innenwinkel durch einen tiefbraunen, auf den Rippen nach aussen vortretendem Schatten begrenzt; ein verloschener schmutzigbrauner Streif zieht noch vor dem Saume. Die Innenrandsrippe und die aus der Mittelzelle entspringenden Rippen sind weiss, von feinen bräunlichen Schuppen umgeben, besonders beim Weibe, wodurch sie verdickt und erhaben erscheinen. Die Hinterflügel sind schneeweiss mit schwachem Mittelpunct und einer feinen dunkelbraunen Linie mitten zwischen ihm und dem Saume, welche sich innen mehr dem Innenwinkel zuwendet und daselbst schärfer marquirt ist. Die Saumlinie aller Flügel ist schwarzbraun, zusammenhängend; die Fransen sind auf den Vorderflügeln hell und dunkelbraun, auf den hinteren weiss und schmutzigbraun gescheckt. Unten sind die Flügel weiss; die vorderen längs des Vorderrandes grau, mit matter Andeutung der äussern Mittellinie und der dahinter stehenden Zeichnung, die hintern wie oben gezeichnet, nur matter.

Gnophos Tr.

Stevenaria B.

Sartata Tr.

Poggearia m. Tafel 3, Figur 5, Männchen. Grösse und Flügelform von *obscurata*, Fransen der Vorderflügel aber vollkommen ganzrandig, die der Hinterflügel äusserst seicht wellenrandig. Körper und Beine anliegend beschuppt, Stirne vertical, Palpen nur wenig darüber vorstehend, (wie bei *obscurata*). Zunge spiral, Fühler borstenförmig, beim Manne dick mit ungemein kurzen dichten Wimpern, Hinterschienen $^1/_3$ länger als ihre Schenkel, hinter der Mitte am dicksten, mit Mittel- und Endspornen; Fuss kürzer als die Schiene. Flügel sammt den Fransen glanzlos staubgrau, am Aussenrande etwas dunkler, die ganze Fläche mit feinen schwärzlichen Atomen bestreut. Alle Flügel mit schwachem Mittelpunct, dahinter ziehendem schwachem, am Vorderrande etwas schärfer marquirtem Mittelschatten und den beiden Mittellinien Diese sind weit von einander entfernt; die innere ist bogenförmig, nahe an der Basis und wenig deutlich; die äussere zieht ungefähr in der Mitte zwischen Mittelpunct und Saum, besteht aus abgesetzten groben bräunlichschwarzen Strichen, macht auf den Vorderflügeln am Anfange einen schwachen Vorsprung nach aussen, und zieht dann parallel mit dem Saume; auf den hinteren ist in der Mitte ihre Entfernung vom Saume etwas grösser, als am Vorder- und Innenrande; sonst findet sich keine Zeichnung. Die Unterseite ist dunkler, die schwarzen Atome sind gröber und mehr gehäuft, die äussere Mittellinie ist bloss auf den Rippen angedeutet, die Mittelpuncte sind schwach. Das Weibchen hat dieselbe Grösse und Flügelform, Mittelpunct und Querlinien sind aber ganz matt und verloschen. Auch beim Männchen ist die Zeichnung nicht immer so scharf, wie bei dem abgebildeten Exemplare und verschwinden die Querlinien auf Ober- und Unterseite zuweilen gänzlich. Zwölf Männchen, ein Weibchen gesammelt.

Selidosema Hb.

Plumaria S. V. Grundfarbe viel bleicher, als bei den hiesigen; alle Randzeichnung nach innen scharf abgegrenzt und daselbst dunkler beschattet.

Eubolia B.

Pumicaria m. Tafel 3, Figur 6, Mann. Ich erhielt nur 3 Männchen, das Weibchen kenne ich nicht. Etwas kleiner als *murinaria*, derselbe Flügelschnitt und dieselbe Rippenbildung, das Männchen ebenfalls mit einem kahlen Grübchen unten an der Vorderflügelbasis. Körper grau, Palpen in Kopfeslänge vorstehend, hängend, Zunge spiral, Stirne anliegend beschuppt, Fühler etwas lichter grau, als der Körper, länger als bei *murinaria*, mit langen, dünnen, vorwärts gestellten Kammzähnen, bis zu ¾ ihrer Länge und nackter Spitze; Beine dünn, anliegend beschuppt, die Hinterschienen mit 2 Paar Spornen, das Mittelpaar hinter ⅔ der Schienenlänge; der Hinterfuss halb so lang, als die Schiene. Die Flügel sind staubig grau mit feinen, schmutzigbraunen Atomen bestreut. Die vorderen haben schwachen Mittelpunct, gerade darüber ziehenden schwachen, aus gehäuften bräunlichen Atomen bestehenden Mittelschatten, die beiden Mittellinien, jede gleichweit vom Mittelschatten entfernt und ungefähr wie bei *murinaria* angelegt, die äussere aber nicht so gerade, sondern mehr aus abgesetzten groben Strichen bestehend. Die hinteren haben schwache Mittelpuncte und Fortsetzung der äusseren Mittellinie. Die Saumlinie aller Flügel besteht aus groben punctartigen Strichen; die Fransen sind ganzrandig, mit dem Flügelgrunde gleichfärbig. Die Unterseite zieht mehr ins Lehmgelbe, ist mit schmutzigbraunen Atomen bedeckt, hat schwachen Mittelpunct und dunklere Saumstriche.

Perviaria m. Tafel 3, Figur 7, Männchen. Nur das eine Stück erhalten. Im Bau der Körpertheile und Flügelform ganz mit voriger Art übereinstimmend, die Fühler eben so lang, mit eben so geformten Kammzähnen und nackter Spitze, die Hinterbeine nur mit dickeren Schienen und kürzerem

Fusse. Thorax grau, Stirn, Palpen und Hinterleib lehmgelb, Fühler weiss und schwarzgrau beschuppt. Flügel aschgrau. Von den beiden Mittellinien der Vorderflügel ist die innere ganz verloschen, die äussere gerade, bräunlich, innen scharf durch ein schmutzigweisses bis zum Mittelschatten reichendes Band begrenzt. Mittelschatten breit, braungrau, an seiner Innenseite in die Grundfarbe verwaschen, an der äusseren mit einigen dunkleren Schuppen in dem weissen Bande. Mittelfleck nur schwach angedeutet. Saumfeld wie bei *murinaria*, mit verwaschenen dunkler wolkigen Stellen an der Aussenseite der Mittellinie und ganz undeutlichen Spuren einer lichten Wellenlinie. Saumlinie schwarz, punctirt; Vorderrand hell und dunkel gesprenkelt; Fransen grau, ganzrandig. Die Hinterflügel haben — die erste Querlinie ausgenommen — dieselbe Zeichnung wie die vorderen, im Saumfelde, ungefähr bei der Mitte des Aussenrandes und gleichweit von ihm und der äusseren Mittellinie entfernt, einen schmutzig weissen verloschenen runden Wisch, zusammenhängende Saumlinie und gelblichweisse ganzrandige Fransen. Die Unterseite führt dieselbe Zeichnung, wie oben, nur matter und auf mehr bräunlichem Grunde und es haben hier auch die Vorderflügel einen lichten Wisch an derselben Stelle, wie die hinteren.

Aplasta H.-Sch.

Ononaria Fuessly. Sehr kleine Exemplare.

Sterrha H.-Sch.

Sacraria L.

Ortholitha Hb.

Cervinata S. V.

Cidaria Tr.

Ablutaria B.

Schneideraria m. Tafel 3, Figur 8, Männchen. Ueber 30 Stücke in Gesellschaft von *ablutaria* im April und Mai an schattigen Felsen am Hundsflusse gefangen. Etwas kleiner als *tophaceata*, dieselbe Flügelform; in Zeichnung dieser Art — die verschiedene Färbung abgerechnet — sehr ähnlich, den gekämmten Fühlern zufolge aber mehr mit *ablutaria* und *Podevinaria* verwandt. Palpen schwach, wenig über die Stirn vorstehend, hangend. Fühler beim Manne mit ziemlich langen, etwas vorwärts gestellten Kammzähnen, an der Spitze bloss sägezähnig, beim Weibe mit kurzen Sägezähnen; Beine dünn, anliegend beschuppt, die hinteren mit 2 Paar Spornen. Zeichnung der Vorderflügel genau wie bei *tophaceata*, der Flügelgrund aber bräunlich ockergelb, die Mittelbinde und sonstigen dunklen Stellen staubig kohlengrau, die Fransen schmutzig weiss und grau gescheckt. Hinterflügel ebenfalls wie bei *tophaceata*, das lichte Querband aber auf dunklerem Grunde und dadurch mehr hervorgehoben, mehr oder weniger deutlich ockergelb angeflogen, die Fransen sehr undeutlich gescheckt. Unterseite mit schwachem Mittelpuncte, bis zur äusseren Mittellinie aschgrau, dahinter dieselbe Zeichnung, wie oben, aber lichter und matter.

Fluviata Hb.

Cerussaria m. Tafel 3, Figur 9. Weibchen. Es wurde nur ein Paar gefunden. Grösse und Flügelschnitt von *albulata*. Palpen hängend, fast nicht über die Stirne vorstehend, Zunge spiral, Beine glatt beschuppt, die hintern mit 2 Paar Spornen, Fühler beim Manne sehr dicht und kurz bewimpert; Hinterleib weiss mit feinen schwarzen Puncten auf der Mitte der Oberseite. Flügel zart seidenartig beschuppt, gelblichweiss, die vorderen am Vorderrande bräunlichgelb (dieselbe Farbe zieht sich auch über den Rücken fort) mit mehreren olivbraunen Strichelchen, aus welchen vier Querlinien entspringen und sehr kleinem olivbraunen Wurzelfelde. Die Querlinien sind paarweise genähert und so gestellt, dass im Mittelraume der Flügel ein etwas breiteres weisses Feld bleibt, als vor und hinter ihnen. Sie bestehen aus schwachen undeutlichen Bogen, die auf den Rippen durch schwärzliche Puncte aufgeblinkt sind und die äussere Linie des zweiten Paares ist schwächer als die innere (beim Männchen ist sie sehr matt und auch die zweite Linie des inneren Paares nicht so scharf, wie bei dem abgebildeten Weibchen). Auf den Hinterflügeln setzen sich beide Paare fort, aber viel schwächer und sind da nur am Innenrande deutlich, nach vorne verloschen. Mittelpuncte und Saumlinie fehlen; die Fransen sind breit, ganzrandig, mit dem Flügelgrunde gleich gefärbt. Unten haben alle Flügel schwache Mittelpuncte, die vorderen hinter demselben bis zum Saume die Zeichnung der Oberseite, aber matter und auf aschgrauem Grunde.

Permixtaria H.-Sch. Grosse Exemplare.

Eupithecia Curtis.

Pumilata Hb.
Centaureata S. V.

Pyralidoidae.

Aglossa Lat.

Pinguinalis L. Zwei Exemplare, durch licht lehmgelbe Grundfarbe ausgezeichnet.

Asopia Tr.

Farinalis L.

Subustalis m. Tafel 3, Figur 10. Nur ein Männchen. Um dem einzelnen Stücke kein eigenes Genus bilden zu müssen, führe ich es bei *Asopia* auf, es unterscheidet sich aber davon durch die deutlichen Ocellen; von der Gattung *Pyralis* (im Herrich-Schäffer'schen Sinne) entfernen es die verschiedenen Palpen und die Flügelform, von *Botys* die Rippenbildung der Hinterflügel; (es bildet nemlich wie bei *Asopia* Rippe 7 den Vorderrand der Mittelzelle und 8 zieht ober ihr, fast auf ihr aufliegend, frei aus der

Wurzel, während bei *Botys* 8 aus 7 entspringt*). Grösse von *rubidalis*, Flügel ein klein wenig schmäler, die Spitze der vorderen etwas mehr vorgezogen. Körper thongelb, Stirne anliegend beschuppt, Palpen horizontal, cylindrisch mit wenig abstehender Beschuppung und kurzem, stumpfen Endgliede kaum in Kopfeslänge vorstehend; Nebenpalpen etwa bis zu ihrer halben Länge reichend, ebenfalls horizontal, sehr dünn und schwach, Zunge spiral, Beine anliegend beschuppt, von gewöhnlichen Dimensionen (nämlich nicht auffallend verlängert oder verdünnt), Fühler borstenförmig mit sehr feinen und nicht gar dicht gestellten Wimpern, die etwas länger, als der Durchmesser des Schafts. Ocellen in einiger Entfernung hinter der Fühlerbasis, gerade ober dem senkrechten Durchmesser des Auges. Die Flügel sind glanzlos und haben die Farbe gebrannten Thones; sie sind mit feinen rothbraunen Atomen bestreut, besonders an den Aussenrändern, und erhalten dadurch eine zimmtartige Färbung; alle Fransen sind ganzrandig, brandbraun, mit einzeln eingemengten grauen Schuppen. Die Vorderflügel haben zwei bleiche, an ihrer Innenseite schmal und schwach bräunlich beschattete Querlinien, die innere im ersten Drittel der Flügellänge sehr schwach auswärts gebogen, die äussere hinter dem zweiten Drittel, fast parallel mit dem Saume, nur am Vorderrande etwas weiter davon entfernt. Das Mittelfeld ist nicht dunkler, als die Grundfarbe, mit einem bräunlichen Punct auf der Querrippe und tief chocoladebraun gestricheltem Vorderrande. Die Hinterflügel sind zeichnungslos, nur — wie schon erwähnt — gegen den Rand zu dunkler. Die Unterseite ist etwas lebhafter gefärbt, als die obere und mit groben röthlichen Atomen bestreut, die gegen den Innenrand zu spärlicher werden. Die Vorderflügel haben einen undeutlichen Mittelfleck und die äussere Querlinie, die sich auch über die Hinterflügel bleich fortsetzt, dunkler gestrichelten Vorderrand von der Basis bis zur genannten Querlinie (oben blos zwischen beiden Mittellinien) und dunkelbraune Fransen.

---

*) Herrich-Schäffer theilt die nach Lostrennung von *Herminia*, *Hypena*, *Hercyna* Abtheilung A (*Nola* Leach = *Roeselia* H.-Sch.) *Helia calvarialis* und *Rivula sericealis* verbleibenden Treitschke'schen *Pyraliden* in zwei Zünfte: *Pyraliden* (Genus *Aglossa*, *Hypsopygia*, *Hypotia*, *Asopia* und *Pyralis*) mit frei aus der Wurzel entspringende Rippe 8 der Hinterflügel und *Crambiden* alle übrigen *Pyraliden*-Gattungen, ferner alle *Phycideen* die Arten des Genus *Chilo*, *Scirpophaga*, *Crambus*, *Eudorea* und die Gallerien, bei welchen Rippe 7 den Vorderrand der Mittelzelle bildet, sich bis zum Saume fortsetzt und Rippe 8 erst vor diesem aus 7 entspringt (mit 8 auf einem Stiele steht). Dieser Character scheint constant zu bleiben (zur Errichtung einer eigenen Zunft scheint er mir aber nicht genügend); Herrich-Schäffer gibt aber bei *Scirpophaga* — die er doch zu seinen *Crambiden* zählt, auf pag. 6 und 52 „frei aus der Wurzel entspringende Rippe 8 der Hinterflügel" an, was seiner angeführten Eintheilung eben so gerade widerspricht, wie der Wirklichkeit, denn 7 und 8 sind verbunden, und 8 entspringt erst nahe vor dem Saume aus 7.

Pyralis L.

Netricalis H b.

Crambites H.-Sch.

Hercyna Tr.

Floralis Hb.

Botys Tr.

Puniceal s S. V.

Purpuralis L. Das Gelb reichlicher, das Roth blässer, als bei den hiesigen Exemplaren.

Cruentalis H b. Zuträge (*Bourjotalis* Dup.) Sehr häufig.

Unionalis H b.

Ruficostalis m. Tafel 3, Figur 4, Mann. Etwas kleiner als *hyalinalis*, derselbe Habitus und Flügelschnitt, dieselbe Bildung der Körpertheile. Bleich beingelb. Vorderflügel mit blass ziegelrothem Streif am Vorderrande, der sich auch über den Halskragen und einen Theil des Rückens fortsetzt und hinter der Mitte der Flügellänge verlischt. Zeichnungsanlage wie bei *hyalinalis*, aber viel bleicher. Vorderflügel mit einem kleinen makelartigen Fleck auf der Querrippe und einen punctartigen vor ihm in der Mittelzelle; beide kleiner, bleicher und näher an einander stehend, als bei *hyalinalis*, von zwei bleichgrauen Querlinien eingefasst, von denen die innere wie bei *hyalinalis* zieht, die äussere aber am Vorder- und Innenrande gleich weit vom Saume entfernt ist und in der Mitte einen starken Bogen nach aussen macht (bei *hyalinalis* beginnt sie am Vorderrande bei $^2/_3$ der Flügellänge, ist im obern Drittel ihrer Länge auswärts gebogen, und zieht dann zur Mitte des Innenrandes). Hinterflügel mit einem bleichgrauen Fleck auf der Querrippe und einer gleichfärbigen geschwungenen, wie bei *hyalinalis* angelegten Querlinie dahinter. Saum aller Flügel bleichgrau, nach innen verwaschen, Fransen ganzrandig, mit der Grundfarbe gleich. Die Unterseite ist beingelb, zeichnungslos; nur die Zeichnung der Oberseite schimmert matt durch. Ich erhielt nur wenige Stücke.

Aurantiacalis F. R.

Polygonalis H b. In Menge gefangen und gezogen. Raupe auf *Spartium*.

Sanguinalis L.

Ferrugalis H b.

Pentadalis m. Tafel 3, Figur 13, Weib. Der *Argillacealis* Zeller am nächsten, die Vorderflügel aber länger und schmäler und ohne Querlinien. Grösse von *Argillacealis*. Körper schlank, anliegend beschuppt; Beine von den gewöhnlichen Dimensionen. Ocellen vorhanden. Zunge spiral. Kopf flach, Palpen fast in doppelter Länge darüber vorstehend, horizontal, unten abstehend beschuppt; Nebenpalpen bis zu ihrer halben Länge reichend und auf sie aufliegend. Fühler von halber Vorderrandslänge, borstenförmig.

ziemlich dick, beim Manne mit sehr kurzen dichten Wimpern. Thorax nach vorne verlängert, sehr flach, so dass der Halskragen fast horizontal darauf aufliegt; seine Beschuppun glatt gestrichen. Hinterleib etwas flach gedrückt, in beiden Geschlechtern spitz zulaufend, den Innenwinkel der Hinterflügel wenig überragend. Vorderflügel mehr als zweimal so lang, als breit mit fast rechtwinkeliger Spitze und gegen den Innenwinkel zu bauchig ausgeschwungenem Saume; Hinterflügel am Vorderrande ⅓ länger als am Innenrande, mit stumpfeckigem Vorder- und stark gerundetem Innenwinkel und von der Spitze bis zur Mitte des Flügels eingezogenem Saume. Die Vorderflügel sind glanzlos aschgrau. Zwei dunkle Stellen in der Mittelzelle, die eine hinter der Mitte derselben, die andere auf dem Zellenschlusse, deuten die beiden Makeln an; sie sind ohne alle deutliche Begrenzung und von der äusseren zieht ein verloschener dunkler grauer Schattenstreif zum Innenrande. Die aus der Mittelzelle entspringenden Rippen sind schwarz beschuppt und der Grund um sie ist etwas heller grau, als die Flügelfläche; die Zeichnung erscheint daher strahlenartig hervorgehoben, was um so mehr vortritt, als auch die Rippen ungewöhnlich stark in die Flügelfläche einschneiden und diese daher saumwärts faltig wird. Der Flügelgrund ist nahe vor dem Aussenrande dunkler grau; diese dunkle Farbe ist einwarts verwaschen, und reicht aussen nicht ganz bis an den Saum, sondern es bleibt zwischen diesem und der Saumlinie ein schmaler etwas hellerer Rand. Der Vorderrand hat eine schmale weissgraue Kante; zwischen der Mitte und der Spitze des Flügels stehen auf ihm in gleicher Entfernung fünf sammtschwarze Fleckchen, von denen das innerste nicht immer deutlich vorhanden. Die Saumlinie ist schwärzlich. Die Fransen sind breit, ganzrandig, zur inneren Hälfte aschgrau, zur äusseren bräunlich, von den Rippen heller durchschnitten. Die Hinterflügel sind lichtgrau, am Rande etwas dunkler, mit helleren, weissgrauen breiten Fransen. Unten sind alle Flügel weissgrau; die vorderen mit den fünf schwarzen Vorderrandstrichelchen, Spur der äusseren Makel, des Querstreifs und der Randzeichnung; die hinteren mit dunklerer Saumlinie und einem aus gehäuften groben Atomen gebildeten verwischten schwärzlichen Fleck am Vorderrande; er steht an der Stelle, wo Rippe 8 aus 7 entspringt. Der Bauch ist weissgrau mit zwei einen schwärzlichen Längslinien über die Mitte. Es wurden über 20 Stücke gesammelt.

Interpunctalis Hb.

Pustulalis Hb.

Rupicapralis m. Tafel 3, Figur 12, Weib. Ein Männchen und zwei Weibchen gesammelt. Grösse und Flügelschnitt von *praetextalis*. Palpen anliegend beschuppt, horizontal in Kopfeslänge vorstehend, Nebenpalpen darauf aufliegend, bis zur halben Palpenlänge reichend. Beine anliegend beschuppt; Fühler borstenförmig, beim Manne mit sehr kurzen dichten Wimpern. Die Vorderflügel sind sehr dicht beschuppt, wenig glänzend, staubig ockergelb, gegen den Saum zu allmälig zu einem matten Graubraun verdunkelt, von welchem die schmutzigweissen Fransen eigenthümlich abstechen. Zwei bleichgraue matte Querlinien ziehen über das mittlere Flügeldrittel; beide sind bald nach ihrem Ursprunge ein klein wenig saumwärts geschwungen, sonst gerade; auf der Querrippe steht ein verloschener grauer Strich. Die Hinterflügel sind etwas bleicher als die vorderen, am Saume mehr aschgrau, haben ganz matte verloschene Fortsetzung der äusseren Querlinie der Vorderflügel und weissgraue Fransen. Unten sind die Vorderflügel bleich ockergelb, die hinteren weiss, am Saume grau, alle mit Mittelpuncten und der äusseren Bogenlinie. Die Zeichnung ist hier schärfer, als oben; die Fransen sind trüb weiss.

Ebulea Guen.

Catalaunalis Dup. Ziemlich viele Exemplare. *Assez courtes*, wie Herr Guenée *(Suites à Buffon tom. 8, pag. 352)* sagt, kann ich die Fühler nicht finden, denn sie reichen fast bis zur Flügelspitze. Die übrigen in seiner Gattung *Ebulea* vereinigten Arten als *crocealis*, *fimbriatalis*, *rubricalis*, *rubiginalis*, *verbascalis* und *stachydalis* haben wohl sehr wenig Verwandtschaft mit *catalaunalis*.

Cynaeda Hb.

Dentalis S. V.

Stenopteryx Guen.

Hybridalis Hb.

Stenia Guen.

Suppandalis Hb.
Carnealis Tr.
Punctalis S. V.
Brugieralis Dup.

Duponchelia Z.

Forealis Z.

Nymphula Hb.

Undalis Goetze.
Potamogalis Tr.
Thyridialis m. Tafel 4, Figur 2, Weib. Nur in dem einzelnen Exemplare erbeutet. Ein Drittel kleiner als *nivealis*; Körper und Beine nicht so lang, wie bei den übrigen *Nymphulen*, mehr wie bei *Botys*, den aufgebogenen Palpen nach aber hierher gehörig, Körper graubraun; Hinterleib den Afterwinkel nur wenig überragend, mit helleren Hinterrändern der Segmente. Palpen sichelförmig aufsteigend. Endglied anliegend beschuppt und spitz, Zunge spiral, Beine gelblich, anliegend beschuppt, nicht unverhältnissmässig lang, die hinteren mit 2 Paar Spornen.

ihr Fuss nicht ganz so lang, als die Schiene. Fühler von gewöhnlicher Länge, borstenförmig. Die Flügel sind goldbraun, diese Farbe ist aber durch dunkler braune Atome stellenweise ganz verdeckt. Zwei weisse Querlinien ziehen über das mittlere Drittel der Vorderflügel, eine weniger deutliche nahe an der Basis. Die beiden Mittellinien sind am Vorder- und Innenrand fleckenartig erweitert. Die innere ist schwach auswärts gebogen: die äussere macht wie bei *nivealis* einen fast halbkreisförmigen Bogen vom Vorderrande zur Flügelmitte, einen minder starken von da zur Mitte des Innenrandes; jeder Bogen schliesst eine runde weisse Makel ein und zwei kleine weisse Fleckchen stehen noch parallel neben der oberen Makel in der Mittelzelle. Am Saume läuft ein lichtgoldbraunes gleichbreites schmales Band; dasselbe ist an seiner Innenseite durch eine dunkelbraune Linie begrenzt, diese einwärts wieder durch weisse, nicht ganz zusammenhängende Striche aufgeblinkt. Auf den Hinterflügeln setzen sich alle drei Querlinien und das Saumband fort; von den zwei grossen weissen Makeln ist aber nur die obere deutlich, die untere bis auf wenige Spuren verschwunden. Die Fransen sind breit, ganzrandig und eigenthümlich bezeichnet; sie sind durch eine Längslinie getheilt; ihre innere Seite ist schwarzbraun, ihre äussere hellgrau mit weissen Schuppen gemengt; das Spitzchen der Vorderflügel und ein mit der oberen runden Makel parallel gestellter Wisch der Vorder- und Hinterflügel sind rein weiss. Die Unterseite ist eben so bezeichnet, wie die obere, nur ist hier Alles matter gefärbt.

Zinckenia Z.

Recurvalis Fab.

Ancylomia H.-Sch.

Pectinatella Z.
Tentaculella Hb.

Crambus Fab.

Tersellus m. Tafel 4, Figur 6, Mann. Nur diess Eine Exemplar erhalten. Grösse und Habitus von *inquinatellus*. Palpen und Nebenpalpen wie bei dieser Art, die Fühlerglieder aber unten in scharfen Vierecken vortretend, jedes Viereck mit feinen ziemlich langen Wimpern. Vorderflügel lichtaschgrau, Vorderrand und Rippen mehr gelblich, ausser schwarzen Puncten auf dem Saume und Spuren einer durch schwärzliche Atome gebildeten Querlinie, welche den Raum zwischen der Querrippe und dem Saume durchziehen und parallel mit letzterem stehen, ohne Zeichnung. Fransen ebenfalls grau, glanzlos. Hinterflügel sammt den Fransen weissgrau, nur am Vorderwinkel und Aussenrande dunkler angeflogen. Die Unterseite ist aschgrau; die Hinterflügel sind zur inneren Hälfte und auf den Fransen weissgrau.

Desertellus m. Tafel 4, Figur 7, Mann. Grösse und Flügelschnitt des Mannes von *festivellus* Herrich-Schäffer, die Spitze der Vorderflügel aber mehr vortretend, das Weib noch mehr gespitzt und so schmalflüglich, wie der Mann von *poliellus*. Die Palpen und Fühler sind wie bei allen verwandten Arten gebildet. Die Vorderflügel sind gewöhnlich schmutzig aschgrau mit sehr feinen dunkleren Atomen bestreut, doch variiren sie auch in gelblichgrau (besonders beim Weibe) oder weissgrau und sind die dunkleren Atome zuweilen sehr spärlich vorhanden. Die Zeichnung besteht aus einer aus zwei grobstrichigen bräunlichschwarzen Querlinien gebildeten Mittelbinde, welche am Vorderrande sehr verloschen ist und im ersten Drittel der Flügellänge einen spitzen Winkel nach aussen macht; beide Linien sind weiter von einander entfernt, als bei *fascelinellus* und an ihrer Innenseite durch gehäufte dunklere Atome verdickt. Die Saumlinie ist schwarz punctirt. Die Fransen sind einfärbig grau glanzlos. Die äussere Linie verlischt oft bis auf wenige Spuren. Die Hinterflügel sind aschgrau, haben einen verloschenen dunkleren Bogenstreif vor dem Aussenrande, helleren Discus und hellere Fransen. Die Unterseite ist einfärbig aschgrau mit feiner dunklerer Saumlinie; die Vorderflügel sind an der Spitze und längs des Saumes, die hinteren an der Innenseite etwas heller. Das Weib hat viel schmälere Vorderflügel mit längerer und schärferer Spitze und ist blässer und matter gezeichnet. Es wurde diese Art in Mehrzahl, aber meist in verflogenen Exemplaren gefangen.

Inquinatellus S. V. Bleicher als die hiesigen; die Vorderflügel viel reiner strohgelb, die dunklen Atome und die Querlinien des Männchens sehr spärlich oder ganz fehlend.

Cassentiniellus Z.

Eromene Hb.

Cyrilli Costa.

Vinculella Z.

Anapiella Z.

Eudorea Curtis.

Ingratella Z.

Anerastia Z.

Venosa Z. Nur wenige Stücke.

Ichorella m. Tafel 3. Figur 8, Männchen. Halb so gross, als *punctella*, derselbe Flügelschnitt. Trüb strohgelb. Stirn einen stumpfen Kegel bildend, Zunge schwach, Beine anliegend beschuppt, die Hinterschienen ziemlich stark mit zwei Paar Spornen. Palpen dicht beschuppt, in mehr als doppelter Kopfeslänge vorstehend, mit zugespitztem Endgliede; Nebenpalpen kaum bis zum Stirnkegel reichend, schwach, fadenförmig. Fühler zurück gebogen mit sehr kurzen dichten Wimpern. Ocellen scheinen zu fehlen, doch kann ich die betreffende Stelle nicht genau untersuchen, da die Fühler darauf aufliegen. Vorderflügel glanzlos, zur oberen Hälfte matt strohgelb, zur unteren (vom Innenrande der Mittelzelle an, bis zum Innenrande des Flügels) blass fleischfarb, die Fransen durchaus strohgelb. Hinterflügel (ohne Rippe 5) sammt den Fransen einfärbig gelblichgrau. Unterseite gelblichgrau, die Vorderflügel mit schmaler lichterer Kante. Ich erhielt nur diess Eine Stück.

Semnia H.-Sch.

Punctella Tr.

Ephestia Guenée.

Oblitella Z.

Homoeosoma Curtis.

Binaevella Hb.

Myelois Z.

Cirrigerella Zk.

Biflexella m. Tafel 4, Figur 10, Weibchen. Ich erhielt nur diess eine Exemplar; ob die Art bei *Myelois* richtig steht, muss erst die Entdeckung des Männchens zeigen. Grösse und Flügelschnitt von *Pempelia subornatella*. Körper und Beine anliegend beschuppt, Hinterschienen mit zwei Paar anliegenden Spornen, Stirne nur sehr wenig blasig erhaben, Palpen weit darüber hinauf stehend, sichelförmig, das erste und zweite Glied dicht, das dritte fein und anliegend beschuppt, dieses kurz und stumpf zugespitzt. Nebenpalpen kann ich keine auffinden. Ocellen klein, Zunge stark, Fühler borstenförmig; Hinterleib mit kurzem, etwas vorstehenden Legestachel. Vorderflügel sammt den Fransen licht graubraun, Vorderrand und zwei dicke Querlinien weisslichgelb. Von letzteren zieht die erste im inneren Drittel des Flügels, ist schräge nach aussen gerichtet und beiderseits ganz matt begreuzt; die äussere steht verhältnissmässig nahe am Saume (etwa im äusseren Fünftel des Flügels) macht vom Vorderrande zur Mitte der Flügelbreite einen spitzen Zahn, von da einen schwachen Bogen zum Innenrande und ist an ihrer Innenseite etwas dunkler beschattet. Mittelzeichen sind keine vorhanden. Die Hinterflügel (ohne Rippe 5) sind licht aschgrau, die Fransen ebenfalls, letztere haben aber an ihrer Innenseite eine schmale dunkel bleifarbe Theilungslinie, welche wie eine dicke Saumlinie aussieht. Die Unterseite ist einfärbig weissgrau.

Convexella m. Tafel 4, Figur 9. Ebenfalls nur ein Weibchen. Grösse und Flügelschnitt der vorigen Art. Zunge spiral, Palpen sichelförmig. Nebenpalpen sehr kurz, fadenförmig, Stirne nicht kegelartig vorspringend, Fühler borstenförmig. Vorderflügel semmelfarb, am Vorderrande heller, mehr weisslichgelb. Eine auswärts gebogene Linie läuft schräg von ⅓ des Vorder- zur Mitte des Innenrandes; sie ist an ihrer Innenseite scharf dunkelbraun begrenzt und das Braun ist wurzelwärts in die Grundfarbe vertrieben, an ihrer Aussenseite verwaschen hellgelb. Auf der Querrippe steht eine hellgelbe, unten schwarz gekernte Makel und nahe vor dem Saume zieht eine hellgelbe beiderseits undeutlich begrenzte Querlinie; an der Flügelspitze und längs des Saumes stehen schwärzlichgraue Schuppen, im Wurzelfelde befindet sich eine hellere gelbe Stelle. Die Querlinien und sonstigen heller gelben Stellen sind matt glänzend, die übrige Fläche aber ist glanzlos, die Zeichnung sieht daher wie erhaben aus. Die Hinterflügel sind hell gelbgrau, ihre Fransen gleichfärbig, die der Vorderflügel lichtgrau. Die Unterseite ist einfärbig gelblich weiss.

Ancylosis Z.

Rhodochrella H.-Sch.

Nephopteryx Z.

Poteriella Z.

Pempelia Z.

Carnella L.

Tortricina.

Earias H.-Sch. *).

Siliquana H.-Sch Nur wenige Stücke auf dem Libanon gefangen.

Coccyx Tr.

Scabidulana m. Tafel 4, Figur 3. Ein Weibchen. Doppelt so gross, als *zephyrana*, wie ein mittleres *Buoliana* Weib, auch derselbe Flügelschnitt, die Rippen der Hinterflügel aber wie bei *zephyrana*, eben so die Bildung der Körpertheile. Kopf und Rücken sind licht rostbraun, der Hinterleib ist grau. Die Vorderflügel sind glanzlos strohgelb mit licht rostbraunen Atomen bestreut, welche zu zwei zerfaserten Querbinden derart zusammenfliessen, dass der Flügel in fünf ziemlich gleiche Felder getheilt wird; über das zweite und vierte Feld ziehen die rostbraunen Bänder und ihre Fasern laufen in die gelben Felder aus. Die ganze Flügelfläche ist mit metallglänzenden Schüppchen und Querstrichelchen bestreut; in den rostbraunen Feldern ist diese Metallfarbe auffallend dick aufgetragen und dunkel bleigrau, in den übrigen Feldern schwächer und licht silberfarb. Auf den Fransen und längs des Aussenrandes sind die Flügel einfärbig strohgelb. Die Hinterflügel sind dunkelgrau; ihre Fransen lichter, durch eine schmale helle Längslinie getheilt. Die Unterseite ist dunkelgrau mit helleren Fransen und lichter

*) Ich zähle diese Gattung bei den *Tortriciden* auf, da man sie gewöhnlich bei diesen aufführt; sie ist aber wohl richtiger mit den *Lithosiden* und *Cheloniden* in eine Zunft zu vereinigen.

gestricheltem Vorderrande der Vorderflügel. Guenée führt in seinem Microlepidopteren-Cataloge (Paris 1845) pag. 63 zwei mir unbekannte neue mit *zephyrana* verwandte Arten auf: *Maritimana* aus der Gegend von Vannes im westlichen Frankreich und *virginiana* aus Chateâudun. Die erstere soll spitzere Vorderflügel mit gescheckten Fransen und weissgefranste Hinterflügel haben, die zweite soll noch kleiner als *zephyrana* sein und ganz weisse Hinterflügel besitzen; beide sollen überdiess noch bleicher als *zephyrana* sein, meine *scabidulana* kann also nicht zu ihnen gehören. *Margarotana* Dup. kenne ich nur nach Herrich-Schäffer's Abbildung und Beschreibung, soll aber ebenfalls gescheckte Fransen haben. *Zephyrana* ist viel kleiner, licht schwefelgelb mit grünlichgrauer Zeichnung und die Metallfarbe ist durchaus gleichfärbig, matt und gleich dick aufgetragen.

Cochylis Tr.

Tischerana Tr.
Smeathmanniana Fab.

Phtheochroa Steph.

Gloriosana H.-Sch. Das Weiss reichlicher als bei den ungarischen Exemplaren; die Hinterflügel lichter grau.

Retinia Guenée.

Thurificana m. Tafel 2, Figur 4, Weib. Auf Cypern und bei Beirut in ziemlicher Menge erbeutet. Der *Buoliana* sehr nahe; Rippen, Fühler, Palpen und Beine wie bei dieser Art. Die auf Cypern gesammelten Exemplare kaum so gross als *resinana*, die Beiruter grösser, besonders die Weibchen, aber alle kleiner, als *Buoliana*. Die Zeichnung der Vorderflügel ist der von *Buoliana* sehr ähnlich, nur finde ich das Gelb und Rothbraun hier schärfer geschieden (bei *Buoliana* in einander verwaschen) ersteres viel heller, beingelb, letzteres dunkler, besonders am Vorderrande, der daher schärfer gestrichelt erscheint, und im Mittelraume, wo es schärfer abstehende wolkige Flecke bildet. Die metallglänzenden Querbänder sind breiter, nicht so bleifarb, sondern weisslichgelb, nur im Mittelraume des Flügels mit wenigem matt bleifarben Schimmer. Längs des Aussenrandes sind die Flügel heller als im Mittelraume (bei meinen Exemplaren von *Buoliana* reicht die rothbraune Farbe bis zur Saumlinie, was aber vielleicht variiren kann), die Fransen sind mit der Saumlinie gleichfarbig, beingelb. Die Hinterflügel sind beim Manne gelblichweiss oder nur wenig ins Graue ziehend, beim Weibe lichtgrau, ihre Fransen viel heller, denen der Vorderflügel gleichfarbig; die bei *Buoliana* vorhandene dunkelgraue Theilungslinie fehlt hier und auch der Saum ist meist etwas heller gerandet, wodurch die Flügel ein viel breitfransigeres Aussehen erhalten, als bei *Buoliana*. Unten sind die Flügel gelblichgrau mit helleren Fransen und roth angeflogenen Vorderrändern; die vorderen haben einige hellere Strichelchen gegen die Spitze zu. Der Schmetterling unterscheidet sich in der Natur leichter von *Buoliana*, als diess mit Worten zu geben ist, ich halte es aber doch nicht für ganz unmöglich, dass er nur eine südliche Abänderung von *Buoliana* sein könne, da ich auch hier schon hellere (in Grösse aber nicht verschiedene) Varietäten dieser Art bei Mödling fand. Der englischen *pinicolana* Doubleday (non Herrich-Schäffer) steht *thurificana* ebenfalls nahe; *pinicolana* hat aber spitzere Vorderflügel, das Rothbraun ist so dunkel, wie die dunkelsten Stellen bei *thurificana*, auf der ganzen Flügelfläche bis zum Saume gleichmässig vertheilt, nur am Innenrande etwas heller, die Hinterflügel haben eine graue Theilungslinie und der Thorax ist bei dieser Art rothbraun, bei *thurificana* nebst dem Kopfe bleichgelb.

Grapholitha Tr.

Effusana m. Tafel 4, Figur 5, Männchen. Ich erhielt nur 5 Stücke. Nahe an *gallicolana*, dieselbe Grösse und gleicher Flügelschnitt, nur ist der Saum auf Vorder- und Hinterflügeln unter der Spitze etwas stärker eingebogen. Die Grundfarbe der Vorderflügel ist ein sammtartiges Schwarzbraun. Auf der Mitte des Innenrandes sitzt wie bei *gallicolana* ein grosser unregelmässiger weisser Fleck auf; er ist eben so breit, aber höher, als bei dieser Art (höher als breit) und von einer oder zwei schwärzlichen Queradern durchzogen, welche am Innenrande deutlich sind und nach oben verlöschen. Am Vorderrande stehen gewöhnlich 5 Paar weisse Häkchen. Das erste Paar ist aber zuweilen sehr verloschen, die übrigen manchmal nur einfach (nämlich statt je einem Paare nur ein einzelnes Häkchen) vorhanden. Alle setzen sich in violett-bleifarben strichartigen Linien fort. Die erste stösst auf den weissen Fleck auf; die zweite beschreibt hinter demselben einen Bogen und läuft nahe vor dem Innenwinkel aus, die dritte bildet nur ein kurzes Strichelchen, die vierte und fünfte stossen in eine Linie zusammen und setzen sich längs des Saumes bis zum Innenwinkel fort: an ihrer Aussenseite befindet sich an der Stelle, wo der Saum einen Einbug macht, ein aus lichteren Schüppchen gebildeter Wisch. Die hinter dem weissen Flecke und die am Saume ziehende Bleilinie schliessen drei ungefähr im mittleren Drittel der Flügelbreite über einander stehende sammtschwarze längliche Puncte ein und ober diesen ziehen sich manchmal noch spärliche schwarze Schüppchen bis zum dritten Häkchenpaare fort. Die Fransen sind braungrau. Die Hinterflügel sind schwärzlichbraungrau, an der Basis zuweilen etwas heller und haben lichtere von einer dunklen Theilungslinie durchzogene Fransen. Die Unterseite ist schwarzgrau; die Vorderrandstrichelchen der Vorderflügel sind hier matt und gelblich, die Hinterflügel zuweilen gegen die Spitze zu auch etwas heller gestrichelt: sonst findet sich keine Zeichnung.

Tineina.

Atychia Lat.*).

Nana Tr. Tafel 4, Figur 11, Weibchen. Im Juni an dürren Stellen im Grase fliegend gefunden. Unter ungefähr 30 Männchen erhielt ich auch zwei Weibchen. Diese haben borstenförmige Fühler, zugespitzten Hinterleib

*) Fortgesetzte Untersuchungen haben mich überzeugt, dass Herr Herrich-Schäffer Recht hat, die Gattungen *Atychia* und *Typhonia* zu den *Tineen* zu ziehen, denn so viel Eigenthümliches jede dieser Gattungen auch hat, so bleibt doch nicht ein einziges Merkmal, das sich nicht auch bei den *Tineen* fände. Herrn Herrich-Schäffer möchte ich übrigens in Antwort auf seine nebenbei gesagt in einem solchen Tone abgefasste Anmerkung (bei *Atychia*, dass ich mich gerne bescheiden will, einen „verschiedenen Standpunct“ einzunehmen), darauf aufmerksam machen, dass er selbst die *Typhonien* zu den *Bombyciden* zählte, denn er hat sie auf Tafel 15 und 20 mitten unter *Euprepien* und *Psychen* abgebildet und die Tafeln tragen die Ueberschrift: *Bombycides*; auch ihn haben also erst spätere Untersuchungen der *Tineen* zum Auffinden der richtigen Stelle geleitet.

Es ist mir nie eingefallen, eine schnurgerade Reihenfolge der Arten herstellen zu wollen, oder eine solche überhaupt für möglich zu halten; ich bitte Herrn Herrich-Schäffer die Worte möglichst natürliche Reihenfolge in meinem Aufsatze zu beachten und dann weniger schnell abzusprechen. Legt übrigens Herr Herrich-Schäffer wirklich so ganz wenig Gewicht auf die Reihenfolge, dass er sogar (*Nycteolides* pag. 443) so weit geht zu sagen: „da ich mich hier, wie schon oft geschehen, gegen die Unmöglichkeit einer Reihenfolge der Familien in gerader Linie aussprechen muss, so (also darum?) ist es auch einerlei (?), wo ich diese Familie einschalte“ (er hatte sie also eben so gut unter die Tagfalter setzen können, consequenter wäre es aber gewesen, sie — da sie kein positives Merkmal bieten — mit seinen *Lithosiden* und *Chetoniden* in einer Zunft zu vereinigen), so muss ihm doch jede andere Reihenfolge eben so gleichgiltig sein, wie seine eigene und ihm nicht ausser dieser Alles für „Unsinn“ gelten.

Herrn Herrich-Schäffer beliebt es, mich inconsequent zu nennen. Er sagt: „Wie inconsequent übrigens hier verfahren ist, beweisen Herrn Lederer's eigene Worte: Den gemeinhin unter dem Namen *Sphingiden* begriffenen Arten kommen in der Mehrzahl keulen- oder spindelförmige Fühler zu; diese müssen also beisammen bleiben. — Eine Ausnahme in der Fühlerform machen die *Syntomiden*, *Heterogyniden*, einige *Sesien* und *Prociden*; diese bieten aber im Uebrigen Merkmale genug, die über ihre Stellung bei den *Sphingiden* keinen Zweifel lassen. — Hatte es Herr Lederer doch der Mühe werth gefunden, diese Merkmale anzugeben, ich würde der erste sein, der ihm dafür Dank sagt. So lange er diess nicht gethan hat, kann ich nur glauben, dass die von seinen ersten Sammlerjahren her ihm beigebrachte Ansicht von dem Wesen der sogenannten *Sphingiden* ihm zur fixen Idee geworden ist und wie schwer solche Ideen zu widerlegen sind, weiss ich als Arzt nur zu gut.“

und schwärzlichgraue Flügel; auf der vorderen stehen sich auf der Oberseite bei $^1/_3$ der Flügellänge zwei weisse Tropfen gegenüber, der eine am Vorder-, der andere am Innenrande.

Die „fixe Idee“ muss ich Herrn Herrich-Schäffer anheim geben, denn ich kann in meinen Worten keine Inconsequenz finden; wenn z. B. *Paranthrena* andere Fühler hat, als die übrigen *Sesien*, und einige *Procriden* in der Fühlerform ebenfalls von den übrigen *Zygaeniden* abweichen, so wird doch Herr Herrich-Schäffer nicht in Abrede stellen wollen, dass die betreffenden Thiere noch Merkmale genug haben, die über ihre Stellung keinen Zweifel lassen.

Freilich finden sich bei Herrn Herrich-Schäffer andere Consequenzen. Nicht aus Gehässigkeit, sondern nur damit Herr Herrich-Schäffer nicht ferner von „nicht bewiesenen Vorwürfen“ spreche, erlaube ich mir einige — denn zu allen haben diese Schriften keinen Raum — aus dem zweiten und dritten Bande anzuführen. Vorerst über die Classification:

Das Fehlen der Anhangzelle der Vorderflügel wird pag. 425 zur Gründung der Unterzunft der *Agleniden* benutzt, bei den *Leptosiden*, die nebenbei gesagt, so definirt werden „Mittelkleine bis kleine Eulen, von ziemlich schlankem Körperbau, mit gleich gezeichneten Vorder- und Hinterflügeln, erstere gewöhnlich ohne die Eulenmakel“ hat es nicht einmal generische Bedeutung, denn es werden da in der Gattung *Helia* (pag. 430) *calvarialis* (mit Anhangzelle und Ocellen) *proboscidata* (ohne Anhangzelle und ohne Ocellen) *velox*, *Dardouini*, *glarea* und *phlomidis* — letztere ist nur Synonym von *glarea* und nicht eigene Art — (ohne Anhangzelle und mit Ocellen) zusammengestellt.

Bei den *Metoponiden*, nach pag. 386 „durch den ganz eigenthümlichen horizontal vorstehenden Stirnfortsatz ausgezeichnet“ lesen wir bei der Gattung *Segetia* „Stirn gerundet“. Das ist sie auch in der That, wie stimmt aber diess mit dem Merkmahle der Zunft zusammen?

Bei den *Hadeniden* „deren Thorax und Hinterleib durch Haarschöpfe ausgezeichnet“, begegnen wir nicht nur mehreren Arten, deren Hinterleib keine Schöpfe hat, z. B. *scriptura* (ihre Nächstverwandte: *australis* steht bei den *Xyliniden*, *Luneburgensis*, eine Varietat von *lutulenta* bei den *Orthosiden*, während die Stammart bei den *Hadeniden* aufgeführt wird) sondern sogar die auf Thorax und Hinterleib ganz glattschuppige (nicht behaarte) *Noctua signalis*.

Wie genau die Beschreibungen und Citate behandelt sind, davon folgende Beispiele:

Noct. nervosa hat nach pag. 179 „fadenförmige“ Kammzähne der Fühler, ein Paar Zeilen darunter „gekeulte“.

Bei *Leuc. hesperica* (pag. 237) finden wir zwei Beschreibungen nach einander; jede gehört zu einer andern schon an den Fühlern verschiedener Art.

Bei *Triph. Chardinyi* finden wir auf pag. 327 die Fühler beschrieben, auf pag. 328 lesen wir „*Chardinyi* habe ich hinsichtlich der Gattungsmerkmale nicht vergleichen können“, ein Paar Zeilen darunter wird diese Art aber doch beschrieben. (Sie ist übrigens verschieden von der Boisduval'schen Species und von Guenée *luperinoides* genannt).

Nemotois Z.

Istrianellus H.-Sch. Anfangs Mai in Weizenfeldern auf *Scabiosen*-Blüthen zahlreich gefangen.

Hapsifera Z.?

Parcella m. Tafel 4, Figur 12, Männchen. Ich erhielt nur Ein Männchen und zwei Weibchen; von denen ich eines abschuppte. Ich führe diese Art einstweilen bei *Hapsifera* auf, womit sie mir die meiste Uebereinstimmung zu haben scheint und beschränke mich darauf, die Körpertheile und Rippenbildung genau zu beschreiben; jedenfalls gehört sie dem buschig behaarten Kopfe, der fehlenden Zunge und den getheilten Zellen nach eher in die Nähe von *Euplocamus* und bildet da wahrscheinlich eine eigene Gattung, als zu *Hypsolophus*, mit welcher Gattung der Schmetterling einige oberflächliche Aehnlichkeit zeigt. Mein Männchen ist etwas kleiner, als *Hypsol. marginellus*, mein Weibchen etwas grösser; im Habitus und Flügelschnitt ähnelt *parcella* dieser Art, die dichte mehlige Beschuppung, die länglich eiförmigen Hinterflügel und ihre Fransen etc. stimmen aber besser

---

Auf pag. 344 wird *florigera* Ev. ganz richtig zu *recussa* Hb. gezogen, auf pag. 346 steht sie als eigene Art aufgeführt.

Auf pag. 436 kennt Herr Herrich-Schäffer *pusilla* Ev. nicht, einige Zeilen darunter beschreibt er sie, zieht dazu ganz richtig als Synonym *concinnula* B., führt aber auf pag. 437 *concinnula* B. als eigene Art auf und citirt dazu seine Figur 256, die eine *paralleta* darstellt.

Auf pag. 440 begegnen wir einer *dalmatina* Lederer (ich benannte einst *minuta* Treitschke so, da sie nicht die Hübner'sche Art ist, Guenée hat aber die Verschiedenheit schon früher bemerkt und den Namen *viridula* vorgeschlagen) zu welcher ganz irrig und ohne Angabe eines Grundes *elychrisi* Rambur als Synonym gezogen wird; gleich darunter finden wir *elychrisi* Hb. als eigene Art aufgeführt.

Wie gewissenhaft über das Vaterland berichtet wird, davon überzeugen wir uns bei *Cossus paradoxa*, die in der ersten Zeile „aus Smyrna", in der letzten „wahrscheinlich aus Kleinasien" ist, oder bei *Acidalia inustaria*, wornach „das einzige Exemplar aus Italien", in den nächsten Zeilen aber „von Mann bei Baden nächst Wien" gefangen ist.

Wahrlich Herr Herrich-Schäffer bleibt sich consequent und solche Consequenzen mögen sogar ihren Nutzen haben, da sie den blinden Glauben an Autorengewissenhaftigkeit benehmen und zu eigener Prüfung antreiben; sehr verwahren aber muss ich mich, darin „gleichen Weg" mit Herrn Herrich-Schäffer zu gehen.

Zum Schlusse erlaube ich mir nur noch die Frage, ob diess eine Arbeit „nach welcher jede Art erkannt und in die ihr gebührende Gattung, (wie es mit der Begründung der Gattungen aussieht, davon geben die *Noctuen* auf jeder Seite Zeugniss) und Familie verwiesen werden kann?"

mit *Euplocamus* überein. Die Färbung ist ein lichtes Lehmgelb (ungefähr wie bei *Hypsol. binotatellus* Die Vorderflügel haben als Zeichnung nur grobe schwarze Atome längs den Rippen und am Saume; im ersten und zweiten Drittel der Flügellänge stehen sie etwas mehr gehäuft und erscheinen daher an diesen Stellen als grobmehlige Puncte. Aufgeworfene Schuppen (wie bei *luridella*) sind nicht vorhanden. Die Hinterflügel und die Unterseite ziehen mehr ins Graue und sind zeichnungslos. Der Kopf ist etwas buschig behaart Die Palpen stehen weit vor; das erste und zweite Glied sind dicht behaart und die Behaarung bildet nach vorne einen langen, spitzen und hangenden Bart, das dritte ist anliegend beschuppt und steigt als langer dünner Stachel gerade auf. Zunge und Ocellen fehlen. Die Fühler sind gut von halber Vorderrandslänge, borstenförmig, beim Manne mit sehr kurzen dichten Wimpern; die Beine anliegend beschuppt, nur die Hinterschienen schwach längshaarig; ihre Spornen sind lang. Der Hinterleib ist beim Weibe zugespitzt und hat einen kurzen, etwas vorstehenden Legestachel. Die Mittelzelle der Vorderflügel ist durch Rippe 3 derart getheilt, dass der untere Theil um $\frac{1}{3}$ schmäler, als der obere ist. Die Theilungsrippe ist so stark, als die übrigen Rippen, die Innenrandsrippe der Mittelzelle aber schwächer und nach innen zu unbestimmt; die Querrippe macht einen Bogen nach aussen und aus ihr ziehen in gleicher Entfernung von einander Rippe 3 — 7; Rippe 2 ist Fortsetzung des Innenrandes der Mittelzelle, 8 entspringt aus derem Vorderrande, beide in derselben Distanz wie 3 und 7, 9 und 10 ebenfalls aus dem Vorderrande, erstere im zweiten, letztere im ersten Drittel desselben, 11 ist die Vorderrandsrippe. Die Hinterflügel haben eine durch Rippe 5 in zwei ziemlich gleiche Hälften getheilte Mittelzelle. Rippe 2 entspringt aus $\frac{3}{4}$ ihres Innenrandes, 6 ist die Fortsetzung ihres Vorderrandes, 7 ist ein ganz kurzer, erst dicht vor der Flügelspitze aus 6 entspringender Ast, 2, 3 und 4 entspringen gesondert in gleicher Entfernung, 5 ist etwas näher an 4, als an 6, 8 frei. Die Querrippe macht von 6 zu 5 einen einwärts gekehrten Bogen, dessen unteres Ende doppelt mehr saumwärts reicht, als das obere, zwischen 5 und 3 ist sie derart nach aussen winklich gebrochen, dass der Winkel auf Rippe 4 zu stehen kommt.

Hypsolophus Fab.

Striatellus S. V.

Anchinia Z.

Sparella m. Tafel 5, Figur 1, Männchen. Ich erhielt nur 6 männliche Exemplare, das Weibchen kenne ich nicht. Grösse von *aristella*, Spitze der Vorderflügel aber mehr lanzettförmig vorgezogen, die übrige Flügelform wie bei dieser Art; in Zeichnung mehr mit *pyropella* verwandt, in Bildung der Palpen aber von allen gelbflügeligen *Anchinien* verschieden und darin mehr mit *criella* und *labiosella* übereinstimmend. Kopf und Palpen sind kanariengelb, längs des Vorderrandes etwas dunkler schattirt, auf den Rippen etwas lichter, die Hinterflügel dunkelaschgrau mit lichteren, bräunlichgrauen Fransen. Unten sind die Flügel aschgrau, ihre Ränder und Fransen gelblichgrau. Die Zunge ist spiral, die Fühler sind borstenförmig, fein bewimpert, die Palpen ³/₄ so lang als der Hinterleib, etwas divergirend und horizontal vorstehend, die ersten zwei Glieder dicht bartig, beschuppt, die Beschuppung bildet oben und unten eine Schneide; das Endglied ist dünn und spitz, anliegend beschuppt, horizontal und ganz in der Behaarung des zweiten Gliedes versteckt; die Beine sind wie bei den übrigen verwandten Arten gebildet.

Largella m. Tafel 5, Figur 2. Nur zwei Männchen. Flügelschnitt von *monostictella*, Grösse von *pyropella*. Fühler mit etwas vortretenden Enden der Glieder und langen dünnen Wimpern, Zunge spiral, Palpen horizontal, dreimal so lang als der Kopf, die ersten zwei Glieder bartig beschuppt, oben und unten schneidig, das dritte dünn und anliegend beschuppt, horizontal; die Beschuppung des zweiten Gliedes reicht bis an sein Ende. Kopf, Rücken und Palpen sind licht semmelgelb, letztere an der Aussenseite bräunlich. Die Vorderflügel sind sammt den Fransen licht semmelbraun mit dunkler schattirtem Vorderrande und haben zwei feine schwarze Puncte, den einen in der Mitte des Flügels, den andern mitten zwischen diesem und der Flügelbasis, aber etwas tiefer gestellt. Die Hinterflügel sind hellgrau, ihre Fransen gelblicher; eben so die Unterseite, wo aber auch die Ränder und Spitzen der Flügel gelblich sind.

Oecophora Lat.

Temperatella m. Tafel 5, Figur 8, Männchen. Nur zwei (männliche) Exemplare erhalten. Grösse von *tinctella*. Vorderflügel spitzer, Hinterflügel ⅓ schmäler. Kopf und Rücken bräunlichgelb. Vorderflügel glänzend grünlichgelb, auf der Querrippe abwärts geknickt, Fransen gleichfarbig. Hinterflügel aschgrau mit sehr langen etwas helleren Fransen. Unterseite aschgrau, die Spitzen und Aussenränder der Flügel etwas heller. Fühler mit am Ende etwas vortretenden Gliedern, die gegen die Spitze zu kaum dünner werden und fein bewimpert sind, Kopfhaare glatt anliegend, Zunge spiral, Palpen bräunlichgelb, dünn und lang, anliegend beschuppt und sichelförmig aufwärts gekrümmt, wie bei *tinctella*; Beine ebenfalls wie bei dieser Art. Die Vorderflügel haben eine einfache Mittelzelle und 12 Rippen, 2, 3, 4, 5, 6, 7, 9 und 10 gesondert und in ziemlich gleicher Entfernung, 8 aus 7, 11 aus der Mitte des Vorderrandes der Mittelzelle 12 frei. Auf den Hinterflügeln ist die Mittelzelle zwischen Rippe 4 und 6 offen, 2, 3 und 4 ziehen gesondert in gleicher Entfernung, 5 und 6 entspringen aus einem Punct, 7 ist die Fortsetzung des Vorderrandes der Mittelzelle und 8 läuft ganz dicht am Vorderrande. Der Rippenbildung der Hinterflügel nach, die aber je nach der Flügelform bei den *Tineen* oft bei den nächstverwandten Arten bedeutenden Modificationen unterworfen scheint — dürfte sich für *temperatella* noch eine passendere Stelle als bei *Oecophora* und zwar eher unter den letzteren *Tineeen*-Gattungen in der Nähe von *Elachista* finden.

Butalis Tr.

Inclusella m. Tafel 5, Figur 3. Mann. Vier Exemplare; zwei Männchen, zwei Weibchen. Etwas grösser, als *Knochella*, derselbe Habitus und Flügelschnitt, nur die Spitze der Vorderflügel etwas runder. Kopf, Thorax und Palpen anliegend und glänzend beschuppt, letztere dünn, sichelförmig aufgebogen (wie bei *Knochella*), Zunge spiral, Fühler borstenförmig, Hinterleib und Beine violett bronzefarben, die Hinterschienen dick, längshaarig und mit zwei Paar Spornen. After beim Weibe unten vor der Spitze weisslichgelb gerandet. Die Vorderflügel sind nebst den Fransen violett, bronzefarb glänzend und haben im äusseren Drittel des Flügels eine mehr dem Innen- als Vorderrande genäherte (an derselben Stelle wie bei *Knochella* befindliche und auch eben so geformte) weisslichgelbe Makel. Die Hinterflügel sind dunkler und weniger glänzend als die vorderen, zeichnungslos. Die Unterseite ist einfärbig bronzebraun.

Desidella m. Tafel 5, Figur 4. Mann. Ein Männchen, zwei Weibchen. Mit *acanthella* Godart. (*gallicinella* Zeller) verwandt, derselbe Habitus und Flügelschnitt, dieselbe Bildung der Körpertheile. Der Rücken und die Vorderflügel sind kreidig weiss, glanzlos; der Hinterleib ist aschgrau, die Afterspitze zieht mehr in's Gelbliche und ist (wie bei *acanthella*) beim Männchen mit einem langen Haarbüschel besetzt, beim Weibchen kurz behaart. Die Zeichnung ist sehr einfach. Sie besteht bei meinen zwei Weibchen nur aus einem gegen die Flügelspitze zu (an derselben Stelle wie bei *acanthella*) befindlichen schwarzen Punct und einigen bräunlichen Schuppen an der Flügelspitze. Das Männchen hat vor diesem Fleck im zweiten Drittel des Flügels zwei schmutzig lichtbraune Gegenflecke, eine ähnliche aber ganz verloschene Zeichnung im ersten Flügeldrittel und schmutzig braune Schuppen an der Spitze und einem Theile des Saumes. Die Hinterflügel und Unterseite sind einfärbig aschgrau. Das Geäder, — so weit es sich ohne Abschuppung ausnehmen lässt — scheint mit dem von *acanthella* zu stimmen.

Apiletria m.

Luella m. Tafel 4, Figur 13, Männchen. Der Schmetterling hat in der Flügelform einige oberflächliche Aehnlichkeit mit *Hapsifera* und den kleineren *Euplocamus*-Arten, die einfachen Mittelzellen und die Bildung der Palpen verweisen ihn aber in die Nähe von *Carcina* und *Gelechia*. Von ersterer Gattung differirt er durch die fehlende Zunge, von letzterer durch die langen dicken Fühler, von beiden überdiess durch verschiedene Flügelform; in beiden Gattungen ist allerdings noch viel Fremdartiges vereinigt, meine Gattung *Apiletria* wird aber auch nach dessen Sonderung fortbestehen können. Kopf mit etwas wolligen zusammengestrichenen Haaren besetzt. Palpen sichelförmig aufgebogen, weit empor ragend, so lange, als der halbe Hinterleib; die ersten zwei Glieder sind dicht beschuppt und die Beschuppung steht auf der Oberseite etwas ab. Das dritte ist ⅔ so lang als die beiden ersten zusammen, anliegend beschuppt, sehr dünn und spitz. Nebenpalpen, Zunge und Ocellen fehlen. Fühler lang, bis zu ³/₅ des Vorderrandes des Vorderflügels reichend, dick, fast fadenförmig, beim Manne mit abgeschnürten Gliedern, die Glieder unten in kurzen Sägezähnen vortretend; Beine anliegend beschuppt, nur die Hinterschienen dicht längshaarig, mit 2 paar Spornen. Die Mittelzellen sind auf allen Flügeln einfach. Auf den vorderen sind sie oben und unten gleich lang, durch eine bogenförmige Querrippe geschlossen; auf den hinteren zieht die Querrippe in schrägem Bogen von der Mitte der Flügellänge saumwärts, die obere Ecke der Mittelzelle ist daher kürzer, die untere viel länger, erstere stumpf-, letztere spitzwinkelig. Die Vorderflügel haben 12 Rippen, 2 und 3 aus einem Punct, 4 und 5 gesondert, letztere näher an 4, als an 6; 6, 7, 9 und 10 gesondert in gleicher Entfernung von einander, 8 aus 7, 11 aus der Mitte des Vorderrandes der Mittelzelle, 12 frei. Auf den Hinterflügeln entspringen 3 und 4 aus einem Punct, 6 und 7 sind gestielt, 5 zieht näher an 4, als an 6, 8 frei. Die Färbung des Körpers und der Vorderflügel ist glanzlos, ockergelb, beim Weibe viel lichter als beim Manne, semmelgelb. Gegen die Ränder zu, auf den Rippen und den breiten ganzrandigen Fransen ist die Farbe dunkler, mehr umbrabraun; ein bräunlicher matter Fleck steht auf der Querrippe, ein undeutlicher gleichförmiger Wisch zuweilen, doch nicht immer, in der Mitte der Mittelzelle, sonst findet sich keine Zeichnung. Die Hinterflügel sind schwarzgrau mit breiten bräunlichgrauen Fransen. Die Unterseite ist schwärzlich oder bräunlichgrau; die Spitzen und Ränder der Flügel sind heller, mehr gelblich. Ich erhielt mehrere Exemplare, die meisten aber ohne Palpen, da diese sehr leicht abbrechen.

Depressaria Haw.

Comitella m. Tafel 5, Figur 5. Nur ein Weibchen. Grösse von *atomella*, Flügelform von *depunctella*, die Vorderflügel nämlich mit stumpfwinkeliger Spitze (bei *atomella* daselbst gerundet). Körper und Beine sind fahlgelb, nur die Schienen aussen schwarzbraun, die Fühler sind schwarzbraun, der Hinterleib hat auf der Unterseite 4 Reihen schwarzer Puncte. Der Thorax und die Vorderflügel sind gleichmässig licht ziegelroth, ihre Fransen dunkler, besonders an der Spitze, was aber bei weitem nicht so scharf absticht, wie bei *depunctella*. Auf den Rippen stehen — besonders gegen den Saum zu — feine schwärzliche Schuppen, und in der Mittelzelle 3 erhabene schuppige Puncte; der erste ist schwarz, weiss umzogen und steht in der Mitte der Zelle, die andern beiden sind weiss, und es steht der eine von ihnen nahe vor, der andere auf der Querrippe. Die Hinterflügel sind hellgrau mit lichteren gelblichgrauen Fransen und etwas dunkleren Rippen. Auf der Unterseite sind die Vorderflügel röthlichgrau mit rothbraunen Fransen und schwärzlichen Schüppchen am Vorderrande; die hinteren gelbgrau, am Vorderrande und von der Spitze bis zur Mitte des Saumes ebenfalls mit schwärzlichen Atomen. *Atomella* hat einige entfernte Aehnlichkeit mit *comitella*, ihre Vorderflügel sind aber gerundet, am Vorderrande viel heller, mehr grün und dunkler gestreichelt, wärend *comitella* hier dieselbe Farbe wie auf dem übrigen Flügelraume und keine Spur von dunklen Strichelchen hat; die Saumlinie besteht aus schwarzen Puncten, das Roth spielt mehr in's Carmoisin und die Fransen sind nicht dunkler.

Thoracica m. Tafel 5, Figur 6, Männchen. Ebenfalls nur in einem Exemplare erbeutet. Sehr nahe an *rhodochrella* H.-Schr., die Vorderflügel aber bleicher, mehr ledergelb. der Grund gleichmässig ohne dunklere Atome und der ganze Thorax schwarz. Meine zwei Exemplare von *rhodochrella* (wovon eines das Original zu Herrich-Schäfer's guter Abbildung) haben röthlichgelbe Vorderflügel mit dunkleren Atomen und der Rücken ist über die Mitte gelb, nur mit einzelnen schwarzen Härchen gemischt. Bei der grossen Aehnlichkeit der *Depressarien*-Arten und dem Umstande, dass Herr Mann meine Art auch bei *Brussa* in genauer Uebereinstimmung fand, möchte ich die Artrechte nicht bezweifeln.

Gelechia Z.

Flavella Dup. (*segetella* Z. „Isis" 1847). Einige Exemplare.

Choreutis Tr.

Lascivalis m. Tafel 5, Figur 7, Männchen. Nur diess eine Exemplar. Grosse von *alternalis*; Flügel kürzer, breiter und runder, besonders die hinteren, deren Vorderwinkel ganz abgerundet ist. Körper und Fühler schwarz, letztere an der Aussenseite bräunlichgelb, borstenförmig mit sehr kurzen dichten Wimpern. Zunge spiral, Palpen aufwärts gekrümmt, etwas grobschuppig, oben schwarz, unten schwarz und gelb gemischt, ihr Endglied mit stumpfer Spitze. Nebenpalpen und Ocellen fehlen. Beine schwarz, Schienen und Füsse gelb geringelt, die Hinterschienen kräftig mit 2 Paar Spornen. Vorderflügel glanzlos, bläulichschwarz mit 3 aus groben nicht sehr gehäuften russschwarzen Schuppen bestehenden Querbinden, welche von der Grundfarbe wenig abstechen, überhaupt nicht sehr deutlich sind, und in ziemlich gleicher Entfernung von einander ziehen, so dass sie die Grundfarbe in 4 ziemlich gleiche Felder theilen, einer sehr verloschenen, ebenfalls russschwarzen Querlinie in dem letzten Felde nahe vor dem Saume und 3 bräunlichgelben Vorderrandflecken, von denen der erste an der Aussenseite des ersten Querbandes steht und sehr verloschen ist, der zweite an die Innenseite des dritten Querbandes stosst und keilförmig zuläuft, der dritte punctförmig ist, und sich nahe vor der Flügelspitze, da, wo die verloschene Querlinie vor dem Saume beginnt, befindet. Die Fransen sind ebenfalls russschwarz, an der Spitze und bei der Mitte schmal weiss gerandet. Die Hinterflügel sind rauchbraun, gegen den Vorderrand zu und auf den Fransen grau; sie haben 2 matte bleichgelbe Querbänder, das innere bei ⅔ der Flügelbreite, das äussere dicht vor dem Saume, beide nur am Innenwinkel deutlich, schon vor der Flügelmitte verlöschend. Die Unterseite ist russbraun; alle gelbliche Zeichnung ist hier schärfer, als oben, der vorletzte und letzte Vorderrandsfleck der Vorderflügel setzen sich in abgerissener Binde fort und die innere Binde der Hinterflügel zieht über den ganzen Flügel. Die Fransen aller Flügel sind schwärzlichgrau, an der Innenseite heller, als an der äusseren. Vom Geäder lässt sich wegen der dichten Beschuppung nichts ausnehmen.

Elachista Tr.

Sumptuosella m. Tafel 5, Figur 9. Nur vier Männchen. Der *pomposella* am Nächsten, ein Drittel grösser, derselbe Flügelschnitt, dieselbe Bildung der Körpertheile. Kopf und Palpen weiss, das Endglied der letzteren vor dem Ende schwarz, Fühler schwarz, Beine weiss und schwarz geringelt. Vorderflügel matt goldbraun mit drei gelblichweissen gleich weit von einander entfernten Querzeichnungen, von denen die ersteren beiden als schmale, schräg nach aussen gestellte Bänder erscheinen, das innere fast bis zum Innenrande, das äussere nur bis zur Mitte der Flügelbreite reicht, die dritte aber einen breiteren, am Vorderrande hängenden und nach innen keilförmig zulaufenden Flecken bildet. Die beiden inneren Flecken haben an ihrem Ende blass goldfarbe Schuppen und auf dem Innenrande steht vor der ersten Querbinde ein gelblichweisser, von der zweiten, so wie vor dem Vorderrandsflecke und in der Flügelspitze ein matt goldschimmender kleiner Fleck. Die Hinterflügel, die Fransen aller Flügel und die Unterseite sind bräunlichgrau, nur am Vorderrande der Vorderflügel findet sich der zweite und dritte Querfleck bleichgelb angedeutet.

Pterophoridae.

Pterophorus Geoffroy.

Aridus Z.
Laetus Z.

Verzeichniss
der von Herrn Albert Kindermann 1848—1850 um Samsun, Amasia, Tokat, Siwas und Diarbekir gesammelten Schmetterlinge *).

Rhopalocera.

Equites H.-Sch.

Papilio L.

* *Podalirius* L. Bei Amasia und Tokat.

* *Alexanor* Esper. Bei Amasia; sehr selten.

* *Machaon* L. Ueberall bis an den Euphrat, in nicht zu hoch gelegenen Gegenden.

Thais Fab.

Cerysii God. Zwischen Amasia und Diarbekir allenthalben häufig.

Doritis Fab.

Apollinus Herbst. In Gesellschaft der vorigen Art.

Apollo L. Auf den Tokateralpen in sehr grossen Exemplaren.

Mnemosyne L. Bei Amasia; selten auf hochgelegenen Bergwiesen.

Pierides B.

Pieris Schk.

* *Crataegi* L.
* *Brassicae* L.
* *Napi* L.
Chloridice Hb.
} Alle bei Amasia und Tokat.

Daplidice L. Allenthalben bis Diarbekir.

Callidice Esp. Var. *chrysidice* H.-Sch. Einzeln auf den Tokateralpen.

Anthocharis B.

Eupheme Esp. Nicht selten in sehr grossen, unten lebhaft gelb gefärbten Exemplaren zwischen Amasia und Diarbekir.

Ausonia Esp. Fast überall; unten sehr lebhaft gelb und grün gezeichnet.

Penia Freyer. Wenige verflogene Exemplare bei Malatia. *Charlonia Donzel, Annales de la société entom. de France 1851 planche 8* aus der Berberei, steht sehr nahe oder ist vielleicht dieselbe Art.

Gruneri H.-Sch. Zwischen Amasia und Diarbekir.

Damone B. Im Gebirge bei Argana Maden sehr selten.

---

*) Die Arten, welche mir Herr Kindermann nicht in natura mittheilte und bei welchen ich mich also nur auf seine Angabe beschränken muss, sind mit * bezeichnet.

Colias Fab.

Edusa L. und Var. *helice* Hb. Ueberall.
* *Chrysotheme* Esp. Nur bei Samsun.
* *Hyale* L. Allenthalben bis Diarbekir.

Rhodocera B.

* *Rhamni* Ueberall.

Lycaenoidae B.

Thecla Fab.

Acaciae Fab.
Ilicis Esp.
Spini S. V.
Rubi L.
} Bei Amasia und Tokat.

Ledereri H.-Sch. Einzeln bei Amasia auf hohen Bergen in felsigen Gegenden.

Nogelli H.-Sch. Bei Amasia und Tokat mit einfärbig schwarzbrauner Oberseite; von Siwas östlich die Varietät mit orangegelbem Mittelraume.

Polyommatus Lat.

Virgaureae L. Bei Tokat im Gebirge an Bächen.
Ignitus H.-Sch. Zugleich mit dem vorigen: das Weibchen sehr selten.
Ochimus H.-Sch.
Asabinus H.-Sch.
Thersamon Esp.
} Bei Amasia.
Eurydice Hufn. Var. *candens* H.-Sch. Auf den Tokateralpen.
Alciphron Rottemb. (*hipponoë* Esp.) Einzeln bei Amasia.
Dorilis Hufn. (*circe* S. V.) Selten bei Amasia.
Phlaeas L. Ueberall.

Lycaena Fab.

Boetica L.
Telicanus Herbst.
} Bei Amasia.

Balcanica Freyer. Von Amasia bis Diarbekir in hoch gelegenen Gegenden an Sträuchern fliegend.

Tiresias Hufn. (*amyntas* S. V.) auch die Var. *coretas* O. und *polysperchon* Bergstr. bei Amasia.

Trochilus Freyer. Amasia.
Dardanus Freyer auf den Tokateralpen.
Hylas S. V. Ueberall.
Barius Ev. Bei Tokat auf tief und heiss gelegenen Wiesen.
Zephyrus H.-Sch. In Gesellschaft von *barius*.

Euripylus Freyer tab. 573. Bei Tokat. Die Unterseite und das Weibchen ist genau, wie bei *Zephyrus*, das Männchen aber oben braun; vielleicht nur Var. von *zephyrus*.

Loewi Z. Bei Amasia.

Alexis Hufn. (*agestis* S. V.) Bei Tokat und Amasia.

Chiron Hufn. (*eumedon* Esp.) Auf den Tokateralpen.

Anteros Freyer. An kräuterreichen Hügeln und Bergen von Samsun bis Tokat.

Boisduvali H.-Sch. }
Myrrha H.-Sch. } Auf den Tokateralpen.

Amandus Hb. (*icarius* Esp.) Bei Tokat auf hochgelegenen Wiesen.

Candalus H.-Sch. Amasia; selten.

Icarus Hufn. (*alexis* S. V.) Ueberall und sehr variirend. Männchen oft kaum von halber Grösse; Weibchen oben ganz hellblau mit rothen Randflecken; auch die Varietät *thersites* B. nicht selten.

Adonis S. V. und Var. *ceronus* Hb. Auf hohen Bergen bei Tokat.

Argestes Bergstr. (*dorylas* S. V.) Bei Amasia einzeln.

Corydon Scop. Auf den Tokater Alpen. Das Männchen oben milchblau (Var. *corydonius* Keferstein); auch ein oben milchblaues Weibchen (Var. ♀ *maris colore*) unter gewöhnlichen braunen gesammelt.

* *Admetus* Esp. }
* *Ripperti* B. } Bei Amasia und Tokat.

Daphnis S. V. Var. *Steveni* H.-Sch. Bei Tokat. Auch ein vollkommener Hermaphrodit, links männlich, rechts weiblich, wurde gefunden.

Hopfferi H.-Sch. }
Poseidon Kdm. } Alle bei Tokat; letztere auch bei Amasia.
Dolus B. Var. *epidolus* B. }

Actis H.-Sch. }
Iphigenia H.-Sch. } Auf den Tokateralpen.
Damocles H.-Sch. }

Damon S. V. }
Panagaea H.-Sch. } Bei Amasia und Tokat.
Argiolus L. }

* *Jolas* O. Bei Amasia; selten.

Hyacinthus H.-Sch. }
* *Diomedes* Hufn. (*alcon* S.V.) }
Astraea Freyer. } Auf höheren Bergen bei Tokat.
Cyllarus Fab. }
Acis S. V. Var. *bellis* Freyer. }
Alsus S. V. Ueberall. }

Libytheoidae B.

Libythea Fab.

Celtis Fab. Bei Amasia und Tokat

Nymphalides B.

Limenitis Fab.

Camilla S. V. Bei Amasia.

Melitaea Fab.

Athalia Esp. Auf hohen Bergen bei Amasia und Tokat.

Artemis S. V. Var. *orientalis* H.-Sch. Nur wenige Exemplare bei Argana Maden.

Arduinna Esp. Var. *rhodopensis* Freyer. Nur in der nächsten Umgegend von Diarbekir.

Phoebe S. V.
* *Didyma* Fab.
* *Trivia* S. V.
} Bei Amasia und Tokat.

Argynnis Fab.

Hecate S. V.
* *Ino* Esp.
* *Daphne* S. V.
} In hoch gelegenen Gegenden bei Tokat.

Latonia L. Ueberall.

* *Niobe* L.
* *Aglaja* L.
* *Adippe* S. V. und Varietät *cleodoxa* O.
Paphia L.
} Alle in gebirgigen Gegenden um Amasia; *paphia* sehr selten.

Pandora S. V. Von Samsun bis Tokat; scheint nicht südlicher zu gehen.

Vanessa Fab.

Jonia Fisch. von Waldh. Bei Amasia; selten.

* *Cardui* L. Ueberall; von den Ebenen bis zu den Alpen.

* *Atalanta* L.
* *Io* L.
* *Antiopa* L.
* *Polychloros* L.
* *Urticae* L.
} Bei Amasia: *atalanta* selten.

* *Triangulum* Fab.
C. album L.
} Bei Amasia und Tokat.

Satyroidae B

Hipparchia Fab.

Galathea L. Var. *procida* Herbst.
Hertha Hb. Var. *larissa* Hb.
} Beide im höheren Gebirge bei Amasia und Tokat.

Erebia B.

* *Medusa* S. V. Im höheren Gebirge und auf den Alpen bei Tokat.

Afra Fab. Auf den Hochebenen von Siwas östlich bis an den Euphrat.

Satyrus Lat.

* *Proserpina* S. V. In heissen Thälern bei Amasia.

* *Hermione* L.
Bryce O.
Phaedra L.
Statilinus Hufn. Var. *fatua* Freyer. } Im höheren Gebirge von Tokat bis an die Alpen.

Briseis L. und Var. *pirata* Hübner. Bei Amasia und Tokat in sehr grossen Exemplaren mit lebhafter Unterseite; die Var. *pirata* oben lebhaft ockergelb: selten.

Bischoffi H.-Sch. In den Niederungen bei Amasia.

Anthe Boeber und Var. *hanifa* H.-Sch. (ich sah seither Uebergänge) bei Amasia und Tokat.

* *Semele* L. In Gesellschaft der vorigen.

* *Arethusa* S. V.
Geyeri H.-Sch. } Auf höheren Bergen bei Amasia.

Beroë Freyer. Auf den Tokateralpen. Hinterflügel unten röthlich braungrau.

Pelopea Klug. Auf den höchsten Alpen bei Tokat.

Mniszechi H.-Sch. In heissen Thälern von Amasia bis an den Euphrat.

Anthelea Hb. Amasia, Tokat bis an den Euphrat; am häufigsten bei Tschesme Maden.

Pararga H.-Sch.

Clymene L.
* *Roxellana* Fab.
* *Maera* L.
* *Hiera* O.
* *Megaera* L.
* *Egeria* L. } Amasia, Tokat.

Epinephele H.-Sch.

* *Lycaon* Hufn. (*eudora* S. V.) Diarbekir.

Janira L. Var. *telmessia* Z. Allenthalben gemein.

Tithonus L
Ida Esp. } Bei Amasia.

Coenonympha H.-Sch.

* *Arcania* L. Bei Amasia und Tokat.

Leander Fab. Einzeln bei Tokat.

Pamphilus L. und Var. *Lyllus* Esp. Ueberall.

Hesperioidae.

Hesperia Lat.

* *Malvarum* O.
Marrubii Rb. Var. *gemina* Led.
— Bei Amasia.

Lavaterae Fab.
Proto Esp.
Cynarae B.
Sidae Fab.
Carthami Hb.
Alveus Hb. und Var. *fritillum* O.
Alveolus Hb.
Eucrate Esp.
Phlomidis H.-Sch.
Marloyi B.
— Bei Amasia und Tokat.

Tesellum Hb. Auf den Tokateralpen.

* *Thaumas* Hufn. (*linea* S. V.)
* *Lineola* O.
— Ueberall.

Actaeon Esp.
* *Comma* L.
Alcides H.-Sch.
— Bei Amasia; *alcides* selten.

Heterocera.

Thyridides H.-Sch.

Thyris Ill.

Fenestrina S. V. Bei Tokat.

Sesioidae B.

Paranthrena Schk.

Myrmosaeformis H.-Sch. Bei Amasia; von Herrn Mann auch bei Brussa gesammelt.

Sesia Fab.

Sanguinolenta m. (*tengyraeformis* H.-Sch.)
Stiziformis H.-Sch.
Ortalidiformis m.
Philanthiformis Lasp (*braconif.* H.-Sch.)
Prosopiformis O.
Elampiformis H.-Sch.
— Bei Amasia.

Doleriformis H.-Sch. 49. | Bei Diarbekir.
Dorycerae formis m. | Bei Diarbekir.
Lomatiaeformis m. | Bei Diarbekir.
Miniacea m. (*miniauiformis* Freyer.) bei Tokat.

Sphingoidae B.

Macroglossa O.

* *Fuciformis* L. Ochsh. Auf hochgelegenen Bergwiesen bei Tokat.
Croatica Esp. Bei Amasia; selten.
Stellatarum L. Ueberall.

Pterogon B.

Gorgoniades Hb. Im Hochgebirge von Siwas östlich.

Deilephila O.

Porcellus L. In Gesellschaft des vorigen.
Euphorbiae L. Amasia, Tokat.
* *Galii* S. V. | Mit der vorigen zugleich: doch selten.
Livornica Esp. (*lineata* Fab.) | Mit der vorigen zugleich: doch selten.

Smerinthus O.

Kindermanni m. Zwei Paare bei Argana Maden in Begattung im Grase in der Nähe von Weiden gefangen.

Syntomides H.-Sch.

Syntomis Illiger.

Phegea L. In hochgelegenen Gegenden bei Amasia.

Naclia B.

* *Punctata* Fab. Bei Samsun. Ich sah sie nicht in Natur und möchte sie eher für *hyalina* Freyer halten.

Zygaenoidae B.

Zygaena Fab.

Rubicundus Hb. Amasia.
* *Minos* S. V. | Bei Tokat auf hochgelegenen Waldwiesen.
* *Brizae* Esp. | Bei Tokat auf hochgelegenen Waldwiesen.
Scabiosae Hb. | Bei Tokat auf hochgelegenen Waldwiesen.
Punctum O. | Bei Amasia und Tokat.
Achilleae Esp. | Bei Amasia und Tokat.
Trifolii Esp. | Bei Amasia und Tokat.
* *Lonicerae* Esp. | Bei Amasia und Tokat.

Meliloti Esp. Mit der Var. *Stentzii* Freyer untermischt auf hochgelegenen Waldwiesen bei Tokat.

Graslini m. Ein defectes Stück bei Diarbekir.

* *Filipendulae* L.
* *Transalpina* Hb.
Medicaginis Hb.
Laphria Freyer.
Dorycnii O.
Sedi Fab.
} Bei Tokat.

Laeta Esp.
Ganymedes H.-Sch.
} Bei Amasia und Tokat.

Formosa H.-Sch. Nur bei Amasia; selten.

Carniolica Scop. (*onobrychis* S. V.) Ueberall in sehr grossen lebhaften Exemplaren.

Ino Leach.

Tenuicornis Z.
Amasina H.-Sch.
} Amasia.

Epialoidae H.-Sch.

Epialus Fab.

* *Sylvinus* L. Im Hochgebirge von Amasia.
Amasinus H.-Sch. Ein Männchen von Amasia.

Cossina H.-Sch.

Endagria B.

Pantherina Hb. Amasia.

Stygia Lat.

Amasina H.-Sch. Amasia.

Saturniina H.-Sch.

Saturnia Schk.

* *Pyri* S. V. Bei Tokat sehr häufig.
* *Spini* S. V. Bei Amasia und Tokat, doch selten.

Bombycides B.

Bombyx B.

* *Otus* Drury. Selten bei Amasia auf *Cypressen*.
* *Neustria* L. Bei Amasia und Tokat.

**Castrensis* L. * *Franconica* Fab. *Trifolii* S. V. und Var. *medicaginis* Bkh.	Bei Amasia und Tokat.

Liparides B.

Cnetocampa Steph.

* *Pityocampa* Fab. Zwischen Samsun und Amasia viele Nester an *Pinien.*

Porthesia Steph.

* *Chrysorrhoea* L. * *Auriflua* S. V.	Bei Amasia und Tokat.

Ocneria H.-Sch.

Terebynthi Freyer. Zwischen Samsun und Tokat allenthalben häufig.

Lapidicola H.-Sch. Wohl nur kleine Var. von *atlantica.* H.-Sch. Die Raupe im Juli bei Amasia und Tokat häufig unter Steinen; sie lebt gesellschaftlich, nährt sich von dürren Gräsern und liefert den Schmetterling Anfangs September.

* *Dispar* L. Bei Amasia und Tokat.

Orgyia O.

Dubia Tauscher. Viel lebhafter und mit mehr Gelb, als die russischen Exemplare; wie Herrich-Schäffer's Figur 163. Bei Amasia Tokat und über den ganzen Gebirgszug von Siwas östlich bis an den Euphrat verbreitet.

Lithosioidae B.

Setina Schk.

Irrorella L. Im Hochgebirge und auf den Alpen von Tokat und Amasia.

Lithosia Fab.

Caniola Hb. Wie die vorige.

Euprepioidae.

Emydia B.

Grammica L. und Var. *striata* Bkh. Im Hochgebirge und auf Alpen bei Tokat und Amasia.

Deiopeia Curtis.

Pulchella L. Bei Amasia und Tokat.

Nemeophila Steph.

* *Russula* L. Auf den Tokateralpen.

Callimorpha Lat.

Dominula L. Die gelbe Varietät (*rossica* Kolenati) im Hochgebirge von Tokat.

* *Hera* L. Bei Amasia.

Arctia Steph.

* *Villica* L.
* *Purpurea* L. } Bei Amasia und Tokat.

* *Aulica* L. Bei Tokat im höheren Gebirge.

Noctuina.

Symira Tr.

Dentinosa Freyer. Von Amasia bis Diarbekir in den Ebenen. Raupe gesellschaftlich auf *Euphorbien*.

* *Nervosa* S. V. Bei Amasia und Tokat.

Diloba B.

* *Coeruleocephala* L. Bei Amasia.

Bryophila Tr.

Glandifera S. V.
Algae Fab.
Receptricula Hb. } Bei Amasia und Tokat.

Acronycta O.

* *Rumicis* L. Amasia

Euphrasiae Hb. H.-Sch. (Die helle, bei Paris gemeine Art) bei Amasia.

Spintherops B.

* *Spectrum* S. V. Bei Tokat.

Dilucida Hb. In sehr dunklen Exemplaren bei Amasia.

Triphaena Tr.

Fimbria L.
Subsequa S. V. und Var. *consequa* Hb.
Pronuba L. und Var. *innuba* Hb. } Im höhern Gebirge von Amasia.

Opigena B.

Polygona S. V. Auf den Tokateralpen.

Chersotis B.

Multangula H b. *Grammiptera* R b. *Musiva* H b.	Zugleich mit *polygona*.

Flammatra S. V. Aeusserst gemein bei Diarbekir; unter jedem Steine, den man umwendet, trifft man einige Schmetterlinge.

Agrotis Tr.

* *Fimbriola* Hb. Im Gebirge von Tokat.

Tritici L. Var. *hilaris* Freyer. Ein Stück, wahrscheinlich von Amasia.

* *Signifera* S. V. * *Forcipula* S. V. *Flavina* H.-Sch.	Von Amasia.

* *Saucia* Hb und Var. *aequa* Hb. *Agricola* B. *Clavis* Hufn. (*segetum* S. V. *Exclamationis* L. *Suffusa* S. V.	In Gebirgsgegenden bei Tokat; *suffusa* auch auf den Alpen.

Luperina B.

Dumerili Dup. Ein blasses Exemplar bei Amasia.

Hadena Tr.

Abjecta Hb. Auf den Tokater Alpen.

Peregrina Tr. Bei Amasia.

Dianthoecia B.

Filigramma Esp. *Carpophaga* Borkh.	Im Tokater Gebirge.

Irregularis Hufn. (*echii* Bkh.) Bei Amasia.

Hilarus Guenée.

Ochroleuca S. V. Bei Amasia.

Polia Tr.

Cappa Hb. *Ruficincta* B.	Amasia

Montana H.-Sch. Im Gebirge bei Tokat.

Aplecta B.

Serratilinea Tr. Gebirgsgegend bei Tokat.

Eurhipia B.

Adulatrix Hb. Gemein von Samsun bis Amasia. Die Puppe am Fusse von Rhus codinus zu finden.

Leucania Tr.

Comma L. *L. album* L.	Hohe Bergwiesen bei Tokat.

Charadrina Tr.

Cubicularis S. V. Im Hochgebirge von Tokat; auch auf den Alpen
Exigua Hb. Bei Tokat in Niederungen.

Orthosia Tr.

Lota L. Auf hohen Bergen bei Tokat.

Pistacina S. V. *Ypsilon* S. V.	Bei Tokat.

Xanthia Tr.

Ferrago Ev. Auf hochgelegenen Gebirgswiesen. Die Schmetterlinge im Sommer Abends vom Grase geschöpft; wohl kaum eine *Xanthia* und weit eher zu *Luperina* gehörig.

Chloantha B.

Hyperici S. V. *Radiosa* Esp.	Bei Amasia.

Cleophana B.

Antirrhini Hb. *Opalina* Hb. *Olivina* H.-Sch.	Bei Amasia und Tokat.

Cucullia Tr.

Verbasci L. Bei Amasia und Tokat.

Santonici Hb. *Argentina* Fab.	Von Siwas östlich auf hohen Bergen.

Plusia Tr.

Graphica H.-Sch. Häufig bei Amasia und Tokat.
Ni Hb. Bei Amasia.

Heliothis Tr.

Dos Freyer. Ein Paar defecte Stücke auf feuchten Wiesen bei Amasia.
Cognata Hb. Selten bei Amasia.

Frivaldszkyi Tr. *Dipsacea* S. V. *Peltigera* S. V. *Armigera* Hb. *Boisduvali* Rb.	Alle bei Amasia und Tokat. *Frivaldskyi* bei Tage an *Echium*-Blüthen, *Laudeti* als Raupe zugleich mit der von *Boisduvali* an

Laudeti B.
Delphinii L.
Victorina Sodoffsky.
} den Blüthen und Samen einer mir nicht näher bezeichneten *Silene*.

Rhodites Ev. (*aurorina* H.-Sch.) Im Tokater Gebirge; selten.

Heliodes Guenée.

Rupicola S. V. Im Hochgebirge von Amasia und Tokat selten.

Acontia Tr.

Urania Freyer.
Titania Esp.
Lucida Hufn (*solaris* S. V.)
* *Luctuosa* S. V.
} Alle bei Amasia und Tokat.

Catocala Schk.

* *Elocata* Esp. Bei Tokat.
Neonympha Hb. Bei Amasia; Raupe auf Süssholz.

Disjuncta Hb.
Eutychea Tr.
} Bei Amasia an Eichen: selten.

Ophiusa Tr.

Algira L.
Stolida Fab.
Caylino Hb.
Singularis Kollar Fauna von Südpersien.
* *Ludicra* Hb.
Lusoria L.
} Alle bei Amasia.

Zethes Rb.

Insularis Rb. Bei Samsun und Amasia.

Mixocharis m.

Inamoena Hb. Var. *ingrata* H.-Sch. Amasia.
Suava Hb. Amasia.

Euclidia Tr.

Glyphica L.
Mi L.
} Bei Amasia und Tokat.

Thalpochares m.

Wagneri H.-Sch. Auf den Tokater Alpen.

Purpurina S. V.
Amoena Hb.
Parallela Freyer.
Pannonica Freyer.
Ostrina Hb. in Varietäten.
Glarea Hb.
} Alle bei Amasia; *ostrina* und *purpurina* auch bei Tokat.

Metoponia Dup.

Eximia Freyer. In Gärten bei Amasia an *Malven*. Die Raupe soll wie die von *Plusia* geformt sein.

Vespertalis Hb. (*vespertina* Tr.) } Bei Amasia.
Flava Hb. (*flavida* O.) }

Leptosia Hb.

Aenea S. V. } Bei Amasia und Tokat.
Leda H.-Sch. }

Herminia Tr.*).

Derivalis Hb.

Hypena Tr.

Antiqualis Hb.
Ravalis H.-Sch.
Lividalis Hb.

Helia Guenée.

Calvaria S. V.

Geometroidae.

Nemoria Hb.

Cloraria Hb.

Acidalia Tr.

Flaveolaria Hb.
Circuitaria Hb.
Mutata Tr.

Pellonia Dup.

Calabra Var. *tabidaria* Z.

Orthostixis H.-Sch.

Cribrata S. V.
Calcularia m.

Biston Leach.

Pomonarius Hb.

---

*) Von hier an muss ich mich auf blosse Aufzählung des Gesammelten beschränken, da nähere Notizen mir nicht mitgetheilt wurden.

Nychiodes m.

Lividaria Hb. Kleiner und rauher beschuppt, als die französischen.
Amygdalaria H.-Sch.

Boarmia Tr.

Perversaria B.
Rhomboidaria S. V.

Gnophos Tr.

Sterenaria B.
Onustaria H.-Sch.

Fidonia Tr.

Fasciolaria Hufn. (*cebraria* Hb.) Nicht die Var. *baltearia*.

Phasiane Dup.

Legataria H.-Sch. Amasia; auch im Taurus.

Scodiona B.

Conspersaria S. V.

Eusarca H.-Sch.

Telaria H.-Sch.
Jacularia Hb.

Aspilates Tr.

Strigillaria Hb.

Aplasta H.-Sch.

Ononaria Fuessly.

Ortholitha Hb.

Plumbaria Fab.
Cervinata S. V.
Zonata Hufn. (*mensuraria* S. V.)

Anaitis B.

Lithoxylata Hb.
Columbata Metzner.
Boisduvaliata Dup.
Obsitaria m.
Numidaria H.-Sch.

Cidaria Tr.

Putridaria H.-Sch.
Frustata Tr.
Permixtaria H.-Sch.

Eupithecia Curtis.

Pumilaria Hb.

Pyralidoidae.

Aglossa Lat.

Cuprealis Hb.
Pinguinalis L.

Pyralis L.

Pertusalis Hb.

Consecratalis m. (*cruentalis* Kollar in lit., non Duponchel). Zwei Männchen. Herr Kotschy fand diese Art auch in Südpersien. Grösse einer mittleren *netricalis*: Fühler, Palpen und Beine wie bei dieser Art gebildet. Die Vorderflügel sind kürzer, breiter und stumpfer als bei *netricalis*, licht olivbraun mit breiten gleichfarbigen Fransen und haben ein wie bei *netricalis* angelegtes gleichfarbiges, beiderseits licht braungelb beschattetes Mittelfeld, dessen Vorderrand heller gestrichelt ist. Die Hinterflügel sind blutroth, etwas ins Ziegelrothe ziehend; ihre Basis und ein wie bei *netricalis* geformtes Querband sind goldgelb: an der Innenseite des letzteren bildet die Grundfarbe nur ein schmales, einwärts etwas verwaschenes Band. Die Unterseite ist blutroth, an der Basis goldgelb. Die äussere Mittellinie gränzt auf allen Flügeln die Farbe nach aussen sehr scharf ab; diese ist einwärts in die goldgelbe Basis verwaschen, aussen von einem goldgelben Querbande begrenzt; alle Flügel haben feine blutrothe Mittelpuncte.

Honestalis Tr.

Colchicalis H.-Sch. Ein Männchen; vielleicht nur Var. von *massilialis* Dup.

Crambites H.-Sch.

Tegostoma Z.

Venustalis m. Ich erhielt nur Ein Weibchen. Es stimmt in Grösse, Habitus und Flügelschnitt genau mit *siculalis* Dup. (*stygialis* Tr.) überein und hat auch in Zeichnung der Oberseite einige Aehnlichkeit mit dieser Art, der Stirnbildung nach gehört es aber zu *Tegostoma*. Der Körper ist schwarzbraun, spitz zulaufend, mit kurzem Legestachel, die Behaarung der Brust und Beine ist bräunlichgelb, Kopf und Bäcken etwas dunkler gefärbt.

Die Stirne hat eine spatenförmige hornige Verlängerung, über welche die mit langen, borstig abstehenden, schwarz und gelb gemischten Haaren besetzten Palpen horizontal in Kopfeslänge vorstehen; Nebenpalpen fehlen. Die Zunge ist spiral. Die Grundfarbe der Vorderflügel ist gelblichgrau, durch feine schwarze Atome derart verdunkelt, dass nur das mittlere Drittel des Flügels wie bei *siculalis* heller gewölkt erscheint. Dieses ist von zwei schwarzen, grobstrichigen unregelmässigen, wie bei *siculalis* angelegten Querlinien eingefasst, von denen die innere ganz verloschen ist, die äussere aber aus einem etwas schärferen Vorderrandsfleck entspringt; zu beiden Seiten dieses Fleckens ist der Grund am lichtesten gelbbraun; auch längs der ganzen aus diesem Flecken entspringenden Querlinie ist das Gelbbraune des Mittelfeldes am deutlichsten und auf der Querrippe steht eine undeutliche schwärzliche Makel. Das Saumfeld hat die gelbe Farbe durch schwarze Atome fast ganz verdeckt und durch seine Mitte läuft eine verloschene schwarze Querlinie; am Saume stehen die schwarzen Atome ganz dicht gehäuft, nach innen zu werden sie aber spärlicher, daher hier das Schwarz in die Grundfarbe übergeht. Die Fransen sind von der Flügelspitze bis zur Mitte schmutzigweiss, von da bis zum Innenrande schwarzgrau. Die Hinterflügel sind schwarz und haben (ungefähr wie *atralis)* eine schmale schmutziggelbe Querbinde, welche vom Vorderrande bis zur Mitte des Flügels reicht und da plötzlich aufhört; ihre Fransen sind zur inneren Hälfte schwarz, zur äusseren schmutzig weiss. Unten sind die Vorderflügel von der Basis bis zur äusseren Mittellinie strohgelb mit zwei grossen runden grell schwarzen Makeln, unter welchen der Discus matt schwärzlich ist; das Saumfeld ist schwarz, wurzelwärts zackig und daselbst sehr scharf vom Gelb abgegrenzt, von einer strohgelben unterbrochenen Querbinde durchzogen. Die Hinterflügel sind schwarz, die Mittelbinde ist strohgelb, viel reiner und schärfer als oben, der Vorderrand und eine verloschene Binde vor dem Saume sind bräunlichgelb. Die Fransen aller Flügel sind zur inneren Hälfte schwarz, zur äusseren weisslichgelb, an der Vorderflügelspitze hier ebenfalls heller, als an den übrigen Stellen.

Hercyna Tr.

Cacuminalis Ev.
Atralis Hb.

Botys Tr.

Cingulata L. (— *alis* S. V.)
Pygmaealis Dup.
Purpuralis L.
Vespertalis H.-Sch.
Superba Freyer.
Mucosalis H.-Sch.
Limbopunctalis H.-Sch.

Aenealis S. V.
Aerealis Hb.
Opacalis Hb.
Cruentalis Hb. (*Bourjotalis* Dup.)
Comptalis Ev.
Flavalis S. V.
Virginalis Dup.
Fimbriatalis H.-Sch.
Pustulalis Hb.
Politalis S. V.
Umbrosalis F. R.

Cynaeda Hb.

Dentalis S. V. Sehr gross und hell gefärbt.

Stenia Guenée.

Suppandalis Hb.
Carnealis Tr.
Ophialis Tr.

Euclasta.

Splendidalis H.-Sch. Herr Herrich-Schäffer zieht diese Art zu *Botys*, wovon sie aber ihre langen, bis über die Flügelspitze hinausreichenden Fühler entfernen. Herrich-Schäffer's Figur zeigt diese Länge nicht richtig und ist wohl nach einem Exemplare mit abgebrochenen Fühlern verfertigt.

Crambus Fab.

Malacellus Dup.
Incertellus H.-Sch.
Aridellus Thbg.
Perlellus Scopoli.
Bellus Hb.

Anerastia Z.

Punctella Tr.

Myelois Z.

Rufella Dup. und Var. *crudella* Z.
Gilveolella Tr.
Antiquella H.-Sch.
Pumicosa m. Zwei Männchen von Diarbekir. So gross wie *Rippertella*, derselbe Flügelschnitt, aber fast noch robuster gebaut. Der Hinterleib und alle übrigen Körpertheile sind weiss, die Palpen anliegend beschuppt, in Kopfeslänge gerade vor- und etwas aufwärts stehend, das Endglied sehr

kurz und stumpf; die Nebenpalpen sind ganz kurz und fadenförmig, die Zunge ist spiral. Die Fühler sind dick, borstenförmig, ohne Krümmung oder Schuppenwulst, mit unten abgesetzten, kurz und dicht bewimperten Gliedern. Die Beine sind kräftig, anliegend beschuppt, ohne Auszeichnung, die Hinterschienen mit den gewöhnlichen 2 Paar Spornen. Rücken und Vorderflügel sind weiss mit feinen grauen Atomen bedeckt, wodurch sie ein bimssteinfarbiges Ansehen erhalten. Alle Rippen der Vorderflügel bleiben rein weiss, am Anfang und Ende der Querrippe steht ein feiner schwarzer Punct, gröbere schwarze Puncte noch am Saume zwischen den Rippen; die Fransen sind breit, weiss, mitten von einer grauen Längslinie durchzogen. Die Hinterflügel sind weiss mit schwachen schwarzen Mittelpuncten, braungrau angeflogenen Rippen und zerstreuten schmutziggrauen Schuppen um dieselben. Unten sind die Vorderflügel aschgrau, am Saume weiss gerandet, die Hinterflügel sammt den Fransen weiss; der Mittelpunct ist hier stärker, als auf der Oberseite und graue Atome sind nur wenige vorhanden.

Ratasa H.-Sch.

Allotriella H.-Sch.

Epischnia Z.

Prodromella Hb.

Ancylosis Z.

Cinnamomella Dup.
Rhodochrella H.-Sch.

Nephopteryx Z.

Alpigenella Dup. (*Wagnerella* Freyer.)
Subochrella H.-Sch.

Pempelia Z.

Carnella L.
Leucochrella H.-Sch.

Tortricina.

Sarrothripa Curtis*)

Revagana S. V.

Teras Tr.

Cristana S. V.

Tortrix Tr.

Lathoniana Hb.

---

*) Ich führe diese Gattung bei den *Tortriciden* auf, da man sie gewöhnlich an dieser Stelle sucht; es gilt aber von ihr ebenfalls das in der Anmerkung zu *Earias siliquana* Gesagte.

Tineina.

Atychia Lat.

Appendiculata Esp. Bei Tokat.

Euplocamus Lat.

Fuesslinellus Sulzer. Die von Herrich-Schäffer Figur 241–243 abgebildete Varietät.

Ophisa Cramer.

Laevigatellus H.-Sch.

Hapsifera Z.

Luridella Z.

Hypsolophus Fab.

Verbascellus S. V.

Gelechia Z.

Egenella H.-Sch.

Harpella Schk.

Kindermanni H.-Sch.

Oecophora Lat.

Amasiella H.-Sch.

Pterophoridae L.

Pterophorus Geoffroy.

Pentadactylus L.

1 Idmais fausta Oliv.
2 Cigaritis acamas Klg.
3. Lycaena gamra Löll.

5. Hipparchia telea Klg.
6. Satyrus asterope Klg.
7. Hesperia nomas Led.

1. Sesia axonos Led.
2. „ pipiziformis Led.
3.4. Zygaena Graslini Led.
5.6. Psyche Brandi Led.

8.9. Euprepia Oertzeni Led.
10. Bryophila labecula Led.
11. Caradrina latebrosa Led.
12. Spintherops exsiccata Led.

1. Hypena revolutalis Zell.
2. Acidalia inclinata Led.
3. „ coenosaria Led.
4. Synopsia deliciosaria Led.
5. Gnophos Poggearia Led.
6. Eubolia pumicaria Led.
7. Eubolia perviaria Led.
8. Cidaria Schneideraria Led.
9. „ cerussaria Led.
10. Asopia subustalis Led.
11. Botys ruficostalis Led.
12. „ rupicapralis Led.

1. Hyperythyna fulgurita Led.
2. Nymphula thyridialis Led.
3. Coccyx scabidulana Led.
4. Retinia thurificana Led.
5. Grapholitha effusana Led.
6. Crambus tersellus Led.
7. Crambus desertellus Led.
8. Anerastia ichorella Led.
9. Myelois convexella Led.
10. " biplarella Led.
11. Atychia nana Tr.
12. Hapsifera parvella Led.

1. Anchinia sparella Led.
2. " largella Led.
3. Butalis inclusella Led.
4. " desitella Led.
5. Depressaria comitella Led.
6. " thoracica Led.
7. Choreutes lascivalis Led.
8. Oecophora lempriatella Led.
9. Elachista sumptuosella Led.
10. Sesia fervida Led.
11. Nola exasperatulis Led.
12. Pericyma squalens Led.

CPSIA information can be obtained
at www.ICGtesting.com
Printed in the USA
LVHW040704040423
743358LV00001B/39

9 783382 008734